NITETIS.

NITETIS

TRAGEDIE,

DÉDIÉE AU ROY,

Par M. DANCHET,
de l'Academie Françoise.

Le prix est de vingt-cinq sols.

A PARIS.

Chez

PIERRE HUET, sur le second Perron de la Sainte Chapelle, au Soleil Levant.

NOEL PISSOT, Quay des Augustins, à la descente du Pont Neuf, à la Croix d'or.

ANDRE' MORIN, Grand'Salle du Palais, au Saint Esprit.

FRANÇOIS FLAHAULT, Quay des Augustins, au coin de la rue Pavée, au Roy de Portugal.

M. DCC. XXIV.

Avec Approbation & Privilege du Roy.

AU ROY

RINCE, *qu'il nous est doux*
d'appercevoir en toy

Les premiers sentimens qui marquent un
grand Roy.

Les fruits de tes vertus devançant les années,

Nous feront sous tes loix benir nos destinées.

Les neuf Sœurs qui t'ont vû docile à leurs
leçons,

D'un glorieux apui flattent leurs nourisson;

ã ij

EPITRE.

Chacun d'eux, pour te plaire, excite son
  courage,
Et je viens à ton Trône apporter mon
  hommage.
Ma main, pour te tracer un spectacle nou-
  veau,
De la Muse tragique a repris le pinceau:
Cet Art né dans le sein de la sçavante Grece,
Par de nobles tableaux plait, instruit, inte-
  resse:
Son pouvoir enchanteur fait revivre à nos
  yeux
Les Sages, les Heros, les Rois, les demi-Dieux,
Nous les voyons agir, & nos cœurs équitables
Les aiment vertueux, les detestent coupables.
Si la foible Innocence éprouve des malheurs,
Penetrez de pitié nous lui donnons des pleurs:
Si le Crime obstiné trouve enfin son suplice,
Du Ciel qui le punit nous loüons la justice,

EPITRE.

Et nous sortons frappez de ces impressions
Que Melpomene oppose au feu des passions.

Dans les événemens que sa voix nous rapelle,
Les exemples offerts sont un miroir fidelle,
Des yeux jusques dans l'ame elle les introduit,
Et nous laissant l'honneur d'en recüeillir le
    fruit,
Cache sous le dessein d'amuser & de plaire,
Tout ce que le Precepte offre de trop severe.
Aprés de grands exploits, cet utile plaisir
Des Grecs & des Romains illustra le loisir.
Comm'eux, par la valeur ton Peuple redou-
    table
Par les plus beaux talents n'est pas moins
    respectable :
Il aime le spectacle, & s'en laisse charmer,
Quand l'esprit & le cœur trouvent à s'y
    former.   ã iij

EPITRE.

Un Heros dont Minerve éclaira le Genie,

Des Empires divers connoiſſant l'harmonie,

A ramené l'Europe à l'amour de la Paix,

Qu'une illuſtre Princeſſe aſſûre pour jamais :

Voici le tems des Arts : les Muſes raſſemblées

Dans leurs doctes concerts ne ſeront plus
     troublées,

Et tes heureux Deſtins, ſeul objet de leurs
     chants,

Leur feront inventer des accords plus tou-
     chants.

Par les plus dignes mains ton enfance élevée,

Ta bonté naturelle avec ſoin cultivée,

Un air majeſtueux, un regard plein d'attraits

Du plus grand de nos Rois nous rappellent les
     traits.

Ardent à l'imiter ton amour le contemple,

Eh ! de quelles vertus n'y vois-tu pas l'exemple !

EPITRE.

L'ambitieuse ardeur de cueillir des Lauriers

L'engagea trop de fois dans les travaux guer-
    riers ,

Il en connut l'excés , *&* s'en blâma lui-même

Le jour qu'il te remit le sacré Diadéme :

Et ses discours touchants, imprimez dans ton
    cœur ,

T'ont fait envisager la solide Grandeur ,

De ses plus beaux explois tu cheris la memoire,

Impatient déja d'en égaler la gloire.

Ferme appui des Autels, seur asyle des Rois ,

D'une égale constance il en soutint les droits

Et sans égard aux siens, son Equité suprême

En faveur des sujets jugea contre lui-même ,

Il fit regner Themis , *&* protecteur des Arts

Il sçut concilier Apollon avec Mars :

Tandis que les Héros qu'il formoit à la
    guerre ,   ã iiij

Du bruit de leur valeur épouventoient la
    Terre,

Des plus fameux Auteurs le Genie excité

S'ouvroit divers chemins à l'immortalité.

La France fut par lui comparable à la Grece,

Et la Seine enleva les honneurs du Permeſſe.

Sous ſon Regne fertile en glorieux travaux,

Euripide & Sophocle ont trouvé des ri-
    vaux.

De l'Auteur de Cinna les ſublimes ouvrages

De l'Envie & du Temps braveront les
    outrages,

Il ſait aux ſentimens mêler tant de gran-
    deur,

Qu'en élevant l'eſprit, il épure le cœur.

De quel eclat nouveau la ſcene eſt embellie

Par la main qui traça les fureurs d'Athalie.

Lors qu'Apollon dictoit de ſi nobles écrits

EPITRE.

La faveur du Monarque enflammoit les
     Esprits.

Des neuf Sœurs , comme lui, daigne honorer
     les veilles,

Et nous verrons encor , sur les pas des
     Corneilles,

Des Rivaux accourir dans un champ glo-
     rieux,

Se disputer l'honneur de combattre à tes
     yeux.

Dans ce brillant concours , je connois ma foi-
     blesse,

Et je n'ay , pour soutien , que l'ardeur qui me
     presse :

Des bienfaits de mon Roi mon cœur recon-
     noissant

Ne fait , pour s'exprimer , qu'un effort im-
     puissant ,

Heureux ! si les talents pouvoient naître du
zele !
J'oserois te chanter dans ta course nouvelle,
Tel que l'Astre du jour, lorsque du sein des
Mers
Il vient par ses regards ranimer l'Univers.

DANCHET.

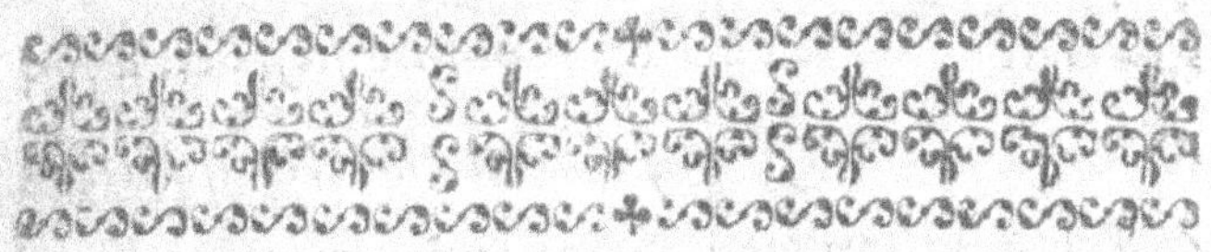

PREFACE.

LE ſujet de cette Tragedie eſt tiré d'Herodote : je crois devoir à la réputation de cet Hiſtorien, quand ce ſeroit aux dépens de la mienne, la traduction de quelques-uns des principaux endroits d'où j'ay pris mes idées. Ils ſont au commencement de ſon troiſiéme Livre intitulé Thalie.

Le Roy Apriès prédeceſſeur d'Amaſis (Uſurpateur du Trône d'Egypte) avoit laiſſé une fille qui étoit d'une taille des plus nobles & d'une beauté des plus touchantes : elle reſtoit ſeule de la maiſon Royale & ſe nommoit Nitetis. Amaſis l'ayant parée de ſuperbes habits, l'envoye en Perse comme sa fille : à son arrivée Cambise la saluant en cette qualité, elle lui répondit : Seigneur, vous ignorez qu'Amasis a voulu vous tromper, lorsqu'il m'a envoyée à vous en un si magnifique Equipage, pour vous persuader qu'il vous offroit sa propre fille. Ce titre ne me convient nullement, j'ay pour pere Apriès le maître de ce perfide Amasis qui ne porte aujourd'huy la Couronne qu'après avoir soulevé les Egyptiens contre un si digne Roi & l'avoir massacré lui-même. Ce discours joint à la conjoncture des affaires, enflamma Cambise d'une telle colere qu'aussitôt il résolut de porter la guerre dans l'Egypte.

C'est sur ce passage que j'ay appuyé l'action principale de ma Tragedie : j'ay conservé, autant qu'il m'a été possible, le fond des événements, & si pour ac-

corder les unitez de temps & de lieu, j'ay
changé quelques circonstances, j'ay crû
pouvoir user du droit des Poëtes. Per-
sonne n'ignore les privileges des Auteurs Dramatiques : nous n'avons à ju-
stifier que la construction de notre Poë-
me , & le spectateur , loin d'exiger de
nous des veritez souvent douteuses , se
contente d'une vrai-semblance touchante , sentant assez que c'est encore
nous imposer un travail qui n'est souvent que trop difficile. Phanès qui a paru interesser sur le Theâtre , n'est point
un personnage Episodique ni forgé à
plaisir. Suivant Hérodote, il fut le premier mobile des conquêtes de Cambise.

Dans les troupes auxiliaires d'Amasis ,
dit cet Auteur , il y avoit un homme de rare
merite nommé Phanès d'Halicarnasse , aussi

sage Capitaine que brave Soldat , & également distingué dans la guerre pour le conseil & pour l'exécution, mécontent de ce Prince, il se déroba d'Egypte sur un vaisseau , dans le dessein de se donner à Cambise. Comme cet Officier n'étoit point en médiocre considération dans les Troupes des Alliez & que d'ailleurs il connoissoit à fond l'état de l'Egypte , Amasis le fait poursuivre avec toute la diligence possible. Il charge de ce soin le plus fidele de ses Eunuques qui porté sur une Galere d'une legereté non commune , atteint Phanès en Lycie & s'en saisit, mais il n'eut pas l'art de le ramener en Egypte, car Phanès plus adroit que lui , trouva le moyen d'enyvrer ses Gardes & de se sauver chez les Perses. Là il se presente à Cambise au moment que prét à partir pour son expedition d'Egypte , il n'é- toit plus embarassé qu'à chercher les moyens

d'y conduire son armée à travers un païs de
sables & de rochers où les soldats & les équi-
pages ne pouvoient esperer une seule goute
d'eau pour étancher leur soif. Phanès après
l'avoir informé de la situation où il avoit
laissé les affaires d'Amasis, s'entretient avec
lui de la marche de ses troupes & lui conseille
d'envoyer au Roy d'Arabie lui demander
passage sur ses terres & les expediens de quelque ressource contre l'aridité de cette contrée,
le seul chemin pour entrer facilement en Egypte. Cambise suivant l'avis de cet habile
étranger envoye aussitôt des députez à ce Roi,
qui n'eut garde de refuser la demande. Cependant les difficultez étoient étonnantes, mais
voici comment l'Arabe les surmonta. Il y a
en Arabie un grand Fleuve nommé Corys
qui se jette dans la Mer rouge. On dit que le
Roi d'Arabie ayant fait assembler & coudre

plusieurs peaux de bœufs & d'autres animaux en forma une espece de long tuyau qui s'étendoit depuis le Fleuve jusqu'à la sortie du païs, où sans un pareil secours les Perses auroient manqué d'eau: cette nouvelle maniere de canal en fit couler sur toute la route, qui pourtant étoit de douze journées entieres depuis le Fleuve jusqu'à l'extrémité des deserts.

Les Perses ayant donc traversé ces deserts, campérent auprès des Egyptiens & se préparoient à les combattre, mais Amasis & ses Alliez indignez contre Phanès qui avoit ainsi fait passer en Egypte une si formidable armée, commirent, pour l'en punir, l'action la plus barbare. Phanès avoit laißé ses enfan en Egypte. Après les avoir amenez dans le Camp, ils placerent une large coupe au milieu de l'espace qui séparoit les deux armées, ensui te faisant sortir ces enfans l'un après l'autre,

ils

PREFACE.

ils les égorgérent à la vuë de leur pere au des-
sus de cette coupe, dans laquelle ils verserent
du vin & de l'eau qu'ils mêlérent avec leur
sang : après quoi s'étant remplis d'un si affreux breuvage aux yeux du même Phanès,
transportez de rage & de fureur ils marché-
rent au combat.

Il m'a semblé que, par rapport à nos
mœurs, je devois adoucir l'horreur
d'une telle image & le spectateur m'a
paru frappé de la maniere dont je l'ay
exposée.

A l'égard du Roi des Ethiopiens que
j'ai lié indirectement à l'action principale, quelque facilité qu'il m'ait donnée
pour le dénoüement de la Tragedie,
j'avoüe qu'en lisant dans Herodote le
merveilleux caractere d'un Monarque si
singulier, j'ay cherché à l'introduire sur

ẽ

notre ſcene , séduit peut-être par la ſeule envie d'enrichir mon ſujet de la ré-
ponſe qu'il fit aux Ambaſſadeurs de
Cambiſe. Le Lecteur en jugera mieux
en la voyant ici telle qu'elle eſt dans
l'Original.

*Le Roi d'Ethiopie informé que les gens de
Cambiſe venoient chez lui , plutôt comme
eſpions que comme députez , répondit en ces
termes à leur compliment : Si le Roi de Perſe
vous envoye vers moi chargez de preſents ,
ce n'eſt point qu'il faſſe grand cas de mon
alliance, & il n'y a rien de vrai dans tous vos
diſcours. Vous venez uniquement pour découvrir ce qui ſe paſſe chez mes ſujets & votre Roi eſt un homme injuſte. En effet, s'il ſe
picquoit de juſtice , il ne chercheroit point à
envahir un Païs qui ne lui appartient pas , il
ne s'efforceroit pas de rendre eſclaves & mal-*

heureux des peuples qui ne lui ont fait aucun tort. Quoiqu'il en soit, presentez-lui cet arc & portez-lui ces paroles de ma part : le Roi d'Ethiopie conseille au Roi de Perse de venir attaquer les Ethiopiens lorsque les Perses sçauront se servir d'un arc de cette forme avec autant de facilité que les Ethiopiens, contre lesquels ils n'auront ensuite qu'à ras-sembler encore toutes leurs forces. Jusques-là qu'ils rendent graces aux Dieux qui n'ont point inspiré aux Ethiopiens l'envie de s'em-parer des Etats d'autrui pour les joindre aux leurs. A ces mots tenant un arc d'une grandeur démesurée, ce fut un jeu pour lui d'en faire le plus violent exercice aux yeux des députez à qui il le remit.... Il leur fit ensuite quelques questions sur le collier d'or & les brasselets dont il lui avoit fait present & les députez lui ayant exposé l'usage que l'on en faisoit en

notre ſcene, ſéduit peut-être par la ſeule envie d'enrichir mon ſujet de la ré-
ponſe qu'il fit aux Ambaſſadeurs de
Cambiſe. Le Lecteur en jugera mieux
en la voyant ici telle qu'elle eſt dans
l'Original.

*Le Roi d'Ethiopie informé que les gens de
Cambiſe venoient chez lui, plutôt comme
eſpions que comme députez, répondit en ces
termes à leur compliment : Si le Roi de Perſe
vous envoye vers moi chargez de preſents,
ce n'eſt point qu'il faſſe grand cas de mon
alliance, & il n'y a rien de vrai dans tous vos
diſcours. Vous venez uniquement pour découvrir ce qui ſe paſſe chez mes ſujets & votre Roi eſt un homme injuſte. En effet, s'il ſe
picquoit de juſtice, il ne chercheroit point à
envahir un Païs qui ne lui appartient pas, il
ne s'efforceroit pas de rendre eſclaves & mal-*

heureux des peuples qui ne lui ont fait aucun
tort. Quoiqu'il en soit, prefentez-lui cet arc
& portez-lui ces paroles de ma part : le Roi
d'Ethiopie conseille au Roi de Perse de venir
attaquer les Ethiopiens lorsque les Perses
sçauront se servir d'un arc de cette forme
avec autant de facilité que les Ethiopiens,
contre lesquels ils n'auront ensuite qu'à raf-
sembler encore toutes leurs forces. Jufques-là
qu'ils rendent graces aux Dieux qui n'ont
point inspiré aux Ethiopiens l'envie de s'em-
parer des Etats d'autrui pour les joindre aux
leurs. A ces mots tenant un arc d'une grandeur
démesurée, ce fut un jeu pour lui d'en faire le
plus violent exercice aux yeux des députez à
qui il le remit . . . Il leur fit ensuite quelques
queftions sur le collier d'or & les braffelets
dont il lui avoit fait present & les députez
lui ayant exposé l'usage que l'on en faisoit en

Perse, pour orner le col & les bras des prin-
cipaux Seigneurs, le Roi se mit à rire &
prétendant que c'étoit plûtôt des chaînes pour
assujettir la tête & les mains des captifs, il
leur dit que les Ethiopiens usoient chez eux
de pareilles chaînes, mais beaucoup plus mas-
sives. Aprés quoi il les fit conduire aux pri-
sons où tous les prisonniers étoient chargez
de chaînes d'or.

Ce spectacle faisant assez juger à quel
honteux emploi l'Ethiopie réduisoit un
métal si précieux au reste des hommes.

Il y a encore dans Herodote beaucoup d'autres endroits que j'ay tâché
d'imiter & de fondre dans mon Ouvrage, mais je ne pense point qu'il soit de
mon interêt de les rapporter, la com-
paraison ne me seroit pas assez avanta-
geuse. Cet Auteur par la noblesse des

expreſſions & par la variété des images
n'eſt pas moins Poëte qu'Hiſtorien.

Au reſte, ſi j'ai differé l'impreſſion
de ma Tragedie ; c'eſt que j'ai voulu
profiter des réflexions critiques qui ac-
compagnent toûjours les repreſenta-
tions & qui n'épargnent pas même les
pieces les plus applaudies Le public
peut juger de ma docilité par pluſieurs
endroits que j'ai retouchez depuis que
mon ouvrage a paru ſur le Theatre. J'aurois même fait un plus grand nombre
de corrections, ſi je n'avois apprehendé
d'abuſer de l'amitié que m'ont témoi-
gnée les Acteurs, pour qui je ne puis
avoir trop de reconnoiſſance. Il n'y en
a point envers qui je ne ſois veritable-
ment redevable des ſoins qu'ils ſe ſont
donnez pour faire valoir mes Vers.

ẽ iij

Mais en particulier, je confesse que j'ay
crû ne pouvoir trop épargner les peines
de M. le Baron par rapport à la mémoire, dans un âge où nous voyons avec
étonnement qu'il l'ait encore si bien
conservée, sans perdre aucun de ses autres talents, qui font toûjours le plaisir
& l'admiration du Public. Ce sont autant de titres qui doivent le rendre à
notre siécle aussi recommendable que
Roscius le fut chez les Romains, parmi
lesquels les plus grands Seigneurs & les
plus beaux esprits se faisoient honneur
d'être de ses amis.

NITETIS

TRAGEDIE.

CAMBISE, Roi de Perſe, fils de Cyrus.

MEROPE, Reine d'Egypte, veuve d'Apriès.

NITETIS, fille d'Apriès, élevée comme fille d'Amaſis.

AMASIS, Tyran d'Egypte, meutrier d'Apriès.

PSAMMENITE, fils d'Amaſis.

PHANES, Miniſtre, & Serviteur fidelle d'Apriès.

ARSANE, Ami de Phanès.

THIAMIS, Confident de Pſamménite.

PHASIMENE. ⎞ Chefs de l'Armée de
ARASPE. ⎠ Cambiſe.

GARDES.

Suite de CAMBISE.

La Scene eſt à Memphis dans le Palais des Rois d'Egypte.

NITETIS,

TRAGEDIE.

ACTE PREMIER.

SCENE PREMIERE.

PHANE'S, ARSANE.

PHANE'S.

OUy , c'est moi , c'est Phanès , qui se
montre à tes yeux.

ARSANE.

Phanès brise mes fers & commande en ces lieux !
A vôtre voix , Seigneur , ma prison s'est ouverte !
Ceux qui dans cette Cour avoient juré ma perte,

A

Tremblants à vôtre aspect, fléchissent les genoux !
Ces Soldats étrangers n'obéïssent qu'à vous !
Des Dieux, jusqu'à ce jour la justice trop lente
Arrache-t'elle au joug l'Egypte gémissante ?
Est-ce par vôtre bras, que la puissante Isis
Vange les bords du Nil des crimes d'Amasis ?

P H A N E' S.

Amasis vit encor : mais le Ciel équitable
Préscrit aux attentats un terme inévitable.
Par les mains d'un Barbare Apriès égorgé,
Dans ce même Palais, sera bientôt vangé.
Un Prince, qui des Dieux exerce la puissance,
S'aprête à consommer cette juste vangeance.
Cambise est dans Memphis.

A R S A N E.

                    Et par quel sort heureux,
Vient-il nous délivrer du joug le plus affreux ?

P H A N E' S.

Arsane, à tes regards ce Héros va paroître :
Pour l'Egypte, pour nous, il n'est plus d'autre maître.

A R S A N E.

Daignez me découvrir par quels événements
La Fortune a produit de si grands changements.

Deux ans sont écoulez, depuis le jour funeste,
Que mes yeux sont privez de la clarté céleste.
Seigneur, au premier bruit répandu dans la Cour
Que vous aviez quitté ce dangereux séjour,
On crut, que pour former des projets de vangeance,
Nous étions en secret tous deux d'intelligence,
La constante amitié, qui m'unissoit à vous,
D'un Tyran soupçonneux alluma le courroux :
Il prétendit, en moi, punir votre complice ;
Si d'une affreuse mort j'évitai le suplice,
Au fond d'un antre obscur sans cesse renfermé,
Jamais de nos destins je ne fûs informé.

P H A N E' S.

Ecoûte. Sous le joug d'un Tyran sanguinaire,
Tu vis mes mouvements de haine & de colére,
Ministre d'Apriès, lorsqu'il perdit le jour,
Je voulus me bannir d'une odieuse Cour.
C'est toi, dont les conseils me faisant violence
Réveillerent en moi ma derniére espérance,
Résolu de punir un barbare assassin,
J'attendois les momens propres à mon dessein ;
Qu'ils furent lents, Arsane ! Enfin, vers l'Idumée
Cambise triomphant conduisit une armée :
J'entrepris en secret de lui porter mes vœux,
D'attirer sur ces bords un Roy si généreux.

ARSANE.

Ah ! Seigneur, deviez-vous le cacher à mon zele ?
Sur vos pas. . . .

PHANE'S.

Je connois ton amitié fidelle ;
Mais enfin je voulus , sous un Ciel étranger,
D'un projet incertain courir seul le danger.
Je partis de Memphis dans la nuit la plus sombre ,
Fuyant à la faveur du silence & de l'ombre ,
Quels périls, quels travaux j'avois à surmonter !
Mais ce n'est point le temps de te les raconter.
Tu sçauras seulement, que mon heureuse fuite
Des Soldats d'Amasis éluda la poursuite.
Je joins enfin Cambise & ne suis point deceu
Dans l'espoir, qu'à Memphis mon cœur avoit conceu
Du meurtre d'Apriès je lui traçai l'image ,
Je peignis , d'Amasis les complots & la rage ,
Je fis voir sous les fers nos Peuples gémissans ,
Implorants par ma voix le secours des Persans.
Cambise , tel qu'un Dieu promt à punir le crime ,
Les yeux étincelants d'un courroux légitime,
Prenant l'astre du jour pour garand de sa foy ,
Me promet de vanger & l'Egypte & mon Roy.
Sur le front de ses Chefs la même ardeur éclate.
Tous, perdant le désir d'aller revoir l'Euphrate ,

Marchent, impatiens de porter leurs drapeaux
Dans les champs, que le Nil enrichit de ses eaux.
Mais ce qui pouvoit seul ébranler leur courage,
Un aride desert en deffend le passage,
Et la soif, en deux jours, peut vaincre des Soldats,
Que la flâme & le fer n'épouvanteroient pas.
Cambise, à ce peril opposant la prudence,
De l'Arabe voisin ménage l'alliance.
A couler sur nos pas par des chemins nouveaux,
Un peuple industrieux force divers ruisseaux ;
Rien ne nous retient plus ; & l'armée intrépide
D'un sable dévorant franchit l'espace aride,
Campe aux bords, où le Nil, par des canaux divers,
Vient, après un long cours, se perdre au sein des mers,
Nous joignons Amasis. Tu connois son audace,
Il n'est point effrayé du coup qui le menace.
Sans attendre des Rois voisins de ses Etats,
Qui, pour se joindre à lui, s'avançoient à grands pas,
Dénué des secours, qui l'auroient pû deffendre,
Il croit que contre nous il peut tout entreprendre.
Le combat se prépare. Une égale chaleur
De l'une & l'autre armée excite la valeur :
Quand un spectacle... O Ciel! mon ame trop sensible
Tremble à te retracer cette image terrible.

ARSANE.

Quoi! Seigneur, vous pleurez!

A iij

P H A N E'S.

Apprends tous mes malheurs,
Et fremis, comme moi, du sujet de mes pleurs.
Prêts d'en venir aux mains, nous étions en presence,
A la tête des siens notre Ennemi s'avance,
Ma femme & mes enfans, chargez d'indignes fers,
Sur les pas du Cruel à mes yeux sont offerts. . . .
Un Soldat, au milieu du champ qui nous sépare,
Sur ces infortunez leve une main barbare,
A coups précipitez, il leur ouvre le flanc,
Dans une vaste coupe il fait couler leur sang.

A R S A N E.

O forfait inoüy ! J'en frémis de colére ;
Et plains en vous, Seigneur, & l'Epoux & le Pére.

P H A N E'S.

Dans ce sang. . . quel spectacle à mes tristes regards ?
Amasis & ses Chefs viennent tremper leurs dards.
Je ne pûs en gémir. . . La nature outragée
Etouffa des sanglots, qui l'auroient soulagée.

A R S A N E.

Le Ciel ne punit point un si noir attentat ?

P H A N E'S.

Arsane, il fut pour nous le signal du combat.

Des Perſans , indignez de cette barbarie ,
Le courage s'irrite , & ſe change en furie.
Nous combattons : le ſort ſembloit ſe partager ,
Je reprochois aux Dieux de n'oſer me vanger.
Mais, pour nôtre parti leur faveur ſe déclare ,
Des troupes d'Amaſis l'épouvante s'empare,
Je les vois en deſordre abandonner leurs rangs ,
Couverts de toutes parts de morts & de mourants.
La peur , qui les ſaiſit , précipite leur fuite ,
L'eſpoir preſſe encor plus nôtre ardente pourſuite :
Et les murs de Memphis , où vole la frayeur ,
En s'ouvrant aux vaincus , reçoivent le vainqueur.
Amaſis veut en vain fuir avec ſa famille ,
Il eſt chargé de fers , lui , ſon fils & ſa fille.

ARSANE.

Hélas! Seigneur, je plains ces enfans malheureux ;
Leur pere eſt moins cruel , qu'ils ne ſont généreux.
Lorſque loin de Memphis une noble entrepriſe
Vous fit avoir recours aux armes de Cambiſe ,
L'aimable Nitetis , les yeux baignez de pleurs ,
De ſon pere , pour moi , ſuſpendit les fureurs.
Je dois tout à ſes ſoins : par elle je reſpire ,
Avec tant de vertus , faudra-t'il qu'elle expire ?

PHANE'S.

Amaſis a verſé tout mon ſang à mes yeux,
Arſane , tout le ſien devroit m'être odieux.

Je l'avoûrai pourtant , je fens mon ame émuë ;
Pour fes enfans encor ma haine eft fufpenduë ,
Cambife , dans ces lieux arbitre de leur fort ,
Peut leur fauver le jour , ou leur donner la mort.
Il paroît.

S C E N E   II.

C A M B I S E , P H A N E'S , A R S A N E ,
fuite de Cambife.

C A M B I S E , *à Phanès.*

V Otre attente a-t'elle été remplie ?
L'ami , que vous pleuriez , joüit-il de la vie ?
Eft-ce là ce Guerrier ? . . . .

P H A N E'S.

                Oüy , Seigneur. Permettez
Que j'ofe en fa faveur implorer vos bontez.
Vous voyez , d'Amafis une trifte victime,
Son amitié pour moi, fit feule tout fon crime.
Hélas ! quelles douleurs m'auroit coûté fa mort !

C A M B I S E.

Vous l'aimez , c'eft affez ; j'aurai foin de fon fort,

ARSANE.

Par vos heureux exploits j'ai vû finir mes peines.
Souffrez, Seigneur, souffrez que libre de mes chaînes,
Je me prosterne aux pieds d'un Roy si glorieux,
Que pour notre vangeance ont fait naître les Dieux.

PHANE'S.

Vous triomphez, Seigneur : votre auguste presence
Va rendre à ce Palais sa première innocence.
Ce Trône, que jadis un Monarque puissant,
Par l'équité des Loix, rendit si florissant,
D'un vil usurpateur devenu le partage,
Est encor tout fumant de sang & de carnage.
Apriès, sur ce marbre indignement traîné,
Aux fers des assassins se vit abandonné.
Depuis ce jour fatal, Amasis nous opprime,
Les emplois, les honneurs recompensent le crime ;
Le Courtisan perfide en est seul revêtu,
Et d'un œil dedaigneux insulte à la vertu.
Les fidelles sujets qu'irrite l'injustice,
S'ils osent en gémir, trouvent un prompt suplice :
Le Tyran les accable, & sur sa cruauté
Pose les fondements de son autorité.
D'un Roy, que nous pleurions, venez remplir la place,
Regnez, Seigneur, regnez, tout changera de face.

CAMBISE.

Aux manes d'Apriès je fçai ce que je dois ;
Et fa caufe , Phanès , eft la caufe des Rois.
Quiconque pour regner eut un droit légitime ,
Doit-il jamais fouffrir que le fecours du crime ,
Applaniffant au Trône un fentier odieux ,
Y conduife un mortel defavoüé des Dieux ?

PHANE'S.

C'eft au fils de Cyrus à donner un exemple ,
Qu'aux fiécles à venir tout l'Univers contemple.

CAMBISE.

Amafis va périr. Mes yeux avec horreur
Ont vû fur vos enfans éclater fa fureur.
Mais c'eft peu que du Crime un Roy tire vangeance ,
Si la Vertu gémit d'être fans récompenfe.
Dans l'ardeur du combat , je me fuis vû livré
Aux traits des ennemis qui m'avoient entouré.
A l'afpeſt du péril, ranimant mon courage ,
Je tentois vainement de m'ouvrir un paffage ,
Quand je vois un Guerrier, les armes à la main ,
Jeune , intrépide , fier , & toutefois humain :
Me voyant fans fecours , il s'approche , il arrête
Des Soldats , dont le fer eft levé fur ma tête.
Sans fçavoir qui je fuis , s'intereffant pour moi ,
De refpecter mes jours , il leur prefcrit la loi.

Forcé d'aller ailleurs où son devoir l'appelle,
Il me confie aux soins d'une garde fidelle ;
Mais bientôt les Persans, instruits de mon danger,
Pénétrant jusqu'à moi , viennent me dégager.
De ce jeune Inconnu je conserve l'image :
Je crains que par l'excès de son boüillant courage ,
Dans la foule des morts à present confondu ,
Il n'ait perdu le prix de m'avoir deffendu.
Par mon ordre , on le cherche avec un soin extrême.
Parmi les Prisonniers , Phanès , voyez vous-même
Qui peut être celui , qui m'a sauvé le jour ,
Et si vous le trouvez , amenez-le en ma Cour.

SCENE III.

CAMBISE. *Suite de Cambise.*

CAMBISE.

VOus, qui, pour m'élever au comble de la gloire,
    Avez à mes drapeaux enchaîné la victoire ,
Dieux , je suivrai vos Loix , quand il faudra punir ,
Mais, pour recompenser, j'aime à les prévenir.
Quel est ce Prisonnier ? . . ô Puissance suprême,
Vous avez protégé la vertu ! . . C'est lui-même !
Mes souhaits sont comblez , je puis encor le voir :
D'un cœur reconnoissant remplissons le devoir.

SCENE IV.

CAMBISE, PSAMMENITE
enchaîné. THYAMIS, *suite de Cam-*
bife, Gardes.

CAMBISE, *à Pfamménite.*

CEffe de te troubler. Ciel ! par quelle injuftice
Faut-il que fous les fers tant de vertu gémiffe?
C'eft à moi de rougir de ta captivité ,
Approche, & de mes mains reçois la liberté.

Il ôte les chaines à Pfamménite.

Ce n'eft qu'un foible effai de ma reconnoiffance ,
Ami, je ne veux point borner ta récompenfe ,
Dans mon Camp, dans ma Cour, attaché près de moi ,
Je te laiffe choifir un rang digne de toi.
Compagnon des travaux , où m'entraîne la Gloire ,
Tu viendras, fur mes pas affermir la Victoire. . . .
Mais, quel eft ton Pays ? de quel fang es-tu né ?

PSAMMENITE.

Il n'en eft point , Seigneur , de plus infortuné.
Sur les rives du Nil le deftin me fit naître.

CAMBISE.

Un Perfide égorgea ton légitime Maître ,

Il ufurpa fon rang : ton bras trop jeune alors
Ne pût aux affaffins oppofer fes efforts :
Et depuis , engagé fous les loix d'un Barbare
Tu fais fervir au crime une valeur fi rare !
Ce jour t'en affranchit ; & le fils de Cyrus
Te prépare un deftin conforme à tes vertus.
Je t'ai déja donné toute ma confiance.
Viens me voir , d'Amafis punir la violence.
Tu le verras fouffrir , avant que d'expirer ,
Tous les maux , qu'à Phanès il a fait endurer.

PSAMME'NITE.

Que faites-vous ? hélas ! vous voulez qu'il expire?
Et n'eft-ce pas affez qu'il ait perdu l'Empire ?
Pour un Roy dans les fers la vie eft-elle un bien ?
Il eft vaincu, captif ; tout le refte n'eft rien.
Si trop d'ambition fit autrefois fon crime ,
Souvenez-vous, Seigneur, quand le deftin l'opprime,
Que pour toucher des cœurs nobles & vertueux ,
C'eft un titre facré que d'être malheureux.
La clémence convient à votre rang fuprême,
Amafis, comme vous, fut ceint du diadême ;
Quiconque fur le Trône eft une fois monté ,
Même des autres Rois doit être refpecté.

CAMBISE.

Ici , des Immortels je dois remplir la place ;
De leur perfecuteur exterminer la race.

Mon bras ne s'est armé que pour trancher des jours,
Dont tant de fois la foudre a dû finir le cours.
Il est temps d'égaler son supplice à ses crimes.
Je prendrai ses enfans pour premiéres victimes ;
Et, de quelques tourmens qu'il périsse aujourd'hui ;
Je ne serai jamais aussi cruel que lui.

PSAMMENITE.

Vous voulez, d'Amasis éteindre la famille ?
Non ; vos ressentimens épargneront sa fille.
Ces Dieux, ces mêmes Dieux que vous representez ;
S'ils la voyoient périr, en seroient irritez.
De vos nouveaux sujets l'attachement fidelle
Va devenir le prix de vos bontez pour elle.
Des Peuples de l'Egypte attirant tous les cœurs ;
Elle a depuis long-temps adouci leurs malheurs.
Mais s'il vous faut du sang ; & si votre justice
Aux enfans de Phanès ordonne un sacrifice,
C'est au fils d'Amasis à payer de ses jours
Ceux, dont trop de rigueur a terminé le cours.
Epuisez sur lui seul toute votre colere.

CAMBISE.

Va, prends soin d'amener & la sœur & le frére.

PSAMMENITE.

Nitetis dans le Temple implore encor les Dieux ,
Seigneur, & Psamménite est present à vos yeux.

CAMBISE.

Jufte Ciel !

PSAMMENITE.

Finiffez par un coup favorable
Ma vie infortunée , & peut-être coupable.

CAMBISE.

Qu'ai-je oüi ? ce Guerrier, qui par un promt fecours
D'un péril fi preffant a défendu mes jours ! . . .
Pour le fils d'un Tyran pouvois-je te connoître
Au milieu des vertus que tu me fais paroître ?
Mais , Prince , deformais mon foin le plus preffant
Eft de vous faire voir un cœur reconnoiffant.
Allez voir Nitetis ; & témoin de mon zele ,
Jurez-lui de ma part une amitié fidele.
A l'égard d'Amafis , vous pouvez l'affûrer
Qu'en faveur d'un tel fils il peut tout efpérer:
Je fçai qu'à mes bontez ma fûreté s'oppofe ,
Mais, c'eft fur vos vertus que mon cœur fe repofe.

SCENE V.

PSAMMENITE, THYAMIS.

PSAMMENITE.

JE te revois encore , ô mon cher Thyamis !
Je n'ofois l'efpérer des Deftins ennemis.

Que dans cette journée, à l'Etat si cruelle ?
J'ay murmuré souvent de l'excès de ton zele !
S'il eût falu te perdre en l'état où je suis,
Qui m'auroit soulagé du poids de mes ennuis ?

THYAMIS.

Quand du fils de Cyrus les troupes meurtriéres
De la triste Memphis ont forcé les barriéres,
J'ai sçû qu'en ce Palais on vous avoit conduit :
Sur les pas des Persans je m'y suis introduit.
Alarmé pour vos jours, je me formois l'image
D'un Vainqueur orguëilleux avide de carnage,
Et dans l'unique espoir de mourir avec vous,
J'y venois, résolu d'irriter son courroux.
Mais, je n'en doute plus, le Ciel vous favorise,
Ce que vous avez fait pour les jours de Cambise,
Arrache votre pere aux horreurs du trépas,
Et peut lui rendre encor son Sceptre & ses Etats.
Non ; le fils de Cyrus au sein de la Victoire,
N'a pas autant que vous, Seigneur, acquis de gloire :
Les hommages forcez des Peuples abbatus
N'égalent point l'honneur qu'il rend à vos vertus.

PSAMMENITE.

Pourquoi me laisse-t'il une vie importune,
Qu'agitent tour-à-tour l'amour & la fortune ?

THYAMIS.

THYAMIS.

Que dîtes-vous , Seigneur ? toûjours infortuné
Par le même penchant seriez-vous entraîné ?

PSAMME'NITE.

Cette coupable ardeur , qui surprit mon enfance ,
Chaque jour en secret accroît sa violence.
Quel tourment, pour un cœur fidelle à la vertu ,
Qu'un amour criminel vainement combatu !

THYAMIS.

Dans d'éternels chagrins votre ame ensevelie ,
Veut-elle empoisonner le cours de votre vie ?
Jamais aucun espoir ne peut flatter vos vœux,
Songez quel est l'objet. . . .

PSAMME'NITE.

                 Epargne un malheureux,
Ne le prononce plus ce nom , qui fait mon crime.
Sans ce nom , quel amour seroit plus legitime ?
Sa beauté , que les Dieux prirent soin de former ,
Est le moindre des droits qu'elle a de nous charmer.
Ses nobles sentimens. . . . ô Vertu qui m'accable
De quel œil verroit-elle une flâme coupable ?

S'il m'échapoit un mot, la haine, le mépris

De mes feux insensez seroient bientôt le prix.

Il faut donc à jamais me contraindre & me taire.

Quel suplice effrayant ! chaque jour qui m'éclaire,

Dans d'éternels combats épuise mes efforts ;

Et l'ombre de la nuit me livre à mes remords.

Si je cede au sommeil, dans d'épaisses ténébres ;

Il presente à mes sens des images funébres.

J'apperçois Nitetis auprès d'un monstre affreux ;

J'y cours ; à ses genoux je déclare mes feux ;

Et je la vois pour lors ardente de colere,

Prête à verser mon sang & celui de mon pere.

Tristes égarements ! est-ce donc vivre ? ô Dieux !

Du moins, si je pouvois l'éviter en tous lieux.

Mais les liens du sang.... Ah, contrainte cruelle !

Ces funestes liens m'attachent auprès d'elle.

Il faut suivre à toute heure un pénible devoir,

Ce seroit me trahir, que cesser de la voir.

Un voile d'amitié lui dérobe ma flâme,

Et tranquile au dehors, je brûle au fond de l'ame.

Mais qui me répondra que dans ce même jour

Je ne laisserai point éclater mon amour ?

Je veux bien t'avoüer jusqu'où va ma foiblesse.

Des chagrins renaissants me devorent sans cesse :

D'un mouvement jaloux le dangereux poison

Se glisse dans mon ame & seduit ma raison.

Je ne sçai quels malheurs m'inspirent des allarmes ;

Mais, malgré moi, mes yeux laissent couler des larmes.

A quel trouble mortel s'abandonne mon cœur !

Sui-moi, cher Thyamis, fléchissons le vainqueur ,

A tout ce qui m'est cher , rendons-le favorable ,

Et mourons, s'il le faut , pour n'être plus coupable.

Fin du premier Acte.

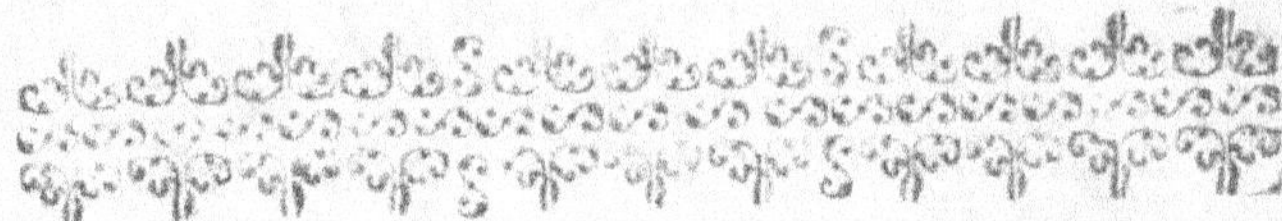

ACTE II.

SCENE PREMIERE.

CAMBISE, PHANE'S.

CAMBISE.

AU secours d'Amasis les Peuples appellez
Sur les rives du Nil paroissent assemblez :
Phasiméne aujourd'hui dans leur Camp va se rendre,
Et sçavoir de ma part ce qu'ils osent prétendre,
Je puis à sa prudence en confier le soin :
J'ai voulu cependant vous parler sans témoin.
Phanès, dans les climats subjuguez par mes armes,
Ma gloire, mes exploits ont coûté trop de larmes,
Le sang, dont la Victoire a vû rougir mon bras,
A fait plus d'une fois murmurer mes Soldats.
Contre un Tyran barbare & nourri dans le crime
Il n'est point de tourment, qui ne fût legitime,
Je ne le vois que trop : toutefois, dans mon cœur
Un mouvement secret me parle en sa faveur :

Des maux , qu'il vous a faits , le repentir le touche ,
L'aveu de ses remords est sorti de sa bouche ;
Imitez-moi , Pharès , & maîtres de punir
De tant de cruautez perdons le souvenir.

PHANE'S.

Seigneur , de mes enfans puis-je oublier la perte ?
Cette playe en mon cœur sera toûjours ouverte :
J'ai vû couler leur sang : ce spectacle odieux
Me trouble , me tourmente & me suit en tous lieux.
Mais , en donnant des pleurs à leur triste memoire ,
Mon plus grand interêt , Seigneur, c'est votre gloire.
Je ne puis qu'admirer cette haute Vertu ,
Qui plaint un ennemi , dès qu'il est abbatu.
Bien mieux que la valeur , la Pitié , la Clemence ,
Des fameux Conquerans assûrent la puissance.
Un Vainqueur , dans la gloire encor maître de soi ,
A l'Univers entier peut imposer la loi.

CAMBISE.

Ah ! je serois content, Pharès , si la Clémence
Avoit seule étouffé des desirs de vangeance ;
Mais , vous donnez le nom de générosité
Aux foiblesses d'un cœur , que l'Amour a dompté.

PHANE'S.

L'Amour !

CAMBISE.

Fils de Cyrus & rival de fa gloire
Je n'ai jufques ici cherché que la Victoire :
Dans l'ardeur de mon âge , au milieu des plaifirs
D'une Cour attentive à flatter mes defirs ,
En vain pour me contraindre à lui rendre les armes ,
L'Amour s'étudioit à m'étaler fes charmes.
Les plus rares beautez venoient de toutes parts
Effayer fur mon cœur d'ambitieux regards ;
Je bravois leurs efforts. Inutile efpérance !
L'Amour , dont je croyois furmonter la puiffance ,
Au fortir d'un combat fi funefte à ces bords ,
Parmi d'affreux monceaux de mourants & de morts ,
Sur des murs embrafez & fumants de carnage ,
Vient avec plus d'éclat affervir mon courage.
Tantôt , en vous quittant , un defir curieux
M'a conduit , cher Phanès , au Temple de vos Dieux.
Sur l'étonnant récit du culte de vos peres ,
J'y voulois, d'Ofiris obferver les miftéres ;
J'entre & je n'apperçois qu'efclaves effrayez ;
Que femmes & qu'enfans , les yeux de pleurs noyez ;
La fille d'Amafis... Ami, je le confeffe ,
Des rivages du Nil j'ai crû voir la Déeffe ,
Cette Ifis , qui foûmit au pouvoir de fes yeux
Un Dieu , que vous croyez le fouverain des Dieux ;

Non; il n'eſt point de cœur que ſon abord n'enchante,
Sa fierté, qu'adoucit une beauté touchante ,
Inſpirant la tendreſſe , imprime le reſpect.
Cent mouvements divers naiſſent à ſon aſpect !
,, Que veux-tu, me dit-elle, & quel deſſein t'ameine?
,, Allons-nous éprouver ta clémence , où ta haine ?
,, Si je ne vois en toi qu'un farouche Vainqueur ,
,, Ne fais point, ſur ce Peuple éclater ta rigueur.
,, Choiſis mieux ta Victime ; & pour ton ſacrifice ,
,, Conſens qu'à cet Autel moi ſeule je periſſe.
Que ne ſentis-je point dans ce fatal moment ?
Mais , enfin revenu de mon étonnement ,
Ah ! lui dis-je , éloignez cette image ſiniſtre ;
Qui ſeroit , dites-moi , cet indigne Miniſtre ,
Qui ſeroit ce Cruel , qui voudroit à mes yeux
S'expoſer à répandre un ſang ſi précieux ?
J'atteſte au même inſtant l'aſtre qui nous éclaire ,
Je jure par les Dieux que l'Egypte révere ,
Que deſormais ſerrez par les plus forts liens
Ses jours ſont à jamais unis avec les miens.
Juſqu'au fond de mon cœur ſon image tracée
Sans ceſſe , cher Phanès , occupe ma penſée.
Quoyqu'ait fait Amaſis , tu ne t'étonne plus
Que, tout prêts à tomber, mes coups ſoient ſuſpendus.
Les charmes, la Vertu brillent dans ſa famille ,
Son fils deffend ma vie & j'adore ſa fille.

B iiij

Tu le vois, mon devoir, ma gloire, mon amour ;
Tout m'engage à la fois à lui sauver le jour.

S C E N E II.

CAMBISE, PHANE'S, ARASPE.

ARASPE.

UN fort près de Memphis, après quelque défense,
　　A soûmis ses remparts à votre obéïssance,
Seigneur : Il renfermoit de malheureux proscrits,
Dont le triste destin nous a tous attendris.
Sous un habit d'esclave une femme éplorée,
Au fond d'une prison trop long-tems ignorée,
Au bruit de vos exploits calmant son desespoir,
Nous suit dans ce Palais & demande à vous voir.

S C E N E III.

CAMBISE, ME'ROPE, PHANE'S, ARASPE, *Gardes.*

ME'ROPE, *aux pieds de Cambise.*

FIls de Cyrus, permets qu'à tes pieds prosternée
J'excite ta pitié pour une infortunée.

CAMBISE, *en relevant Mérope.*

...rez-vous : Je me sens touché de vos douleurs ,
Madame, apprenez-moi le sujet de vos pleurs.

MEROPE.

Le sujet de me pleurs ! ah ! tout me le rappelle.
L'aspect de ce Palais rend ma douleur mortelle.
Une obscure prison , des antres ténébreux
Dans mon funeste état me sembloient moins affreux.
Mais, devant ce Guerrier, Seigneur, vous puis-je ap-
       prendre
Quel sort ? ...

CAMBISE.

Allez , Phanès.

MEROPE , *à part.*

à *Phanès.*   Ciel ! que viens-je d'entendre ?
Arrêtez. Etez-vous ce Ministre zelé ,
Que les plus grands perils n'ont jamais ébranlé ,
Qui toûjours pour son Roi signalant son courage? ...
Oüy ; je rappelle enfin les traits de son visage...
Les miens sont effacez : infortunée , hélas !
Phanès même , Phanès ne me reconnoît pas.

PHANES.

Quoi! du flambeau des Cieux vous voyez la lumiere !
Quel Dieu vous délivra d'une main meurtriere ?
Qui l'auroit jamais crû, que dans ces mêmes lieux
La Veuve d'Apriès s'offriroit à mes yeux ?

à Cambise.

Ne vous offensez pas , Seigneur , si je déploye

Il se prosterne devant Mérope.

A ses sacrez genoux les transports de ma joye.

Elle est ma Souveraine & mes respects sont dus

A l'éclat de son rang bien moins qu'à ses vertus.

CAMBISE.

Madame , je rends grace à l'Astre qui m'éclaire ,

De vous rendre en ces lieux mon secours nécessaire :

Il n'a conduit mes pas au bout de l'Univers ,

Que pour vous arracher aux plus indignes fers,

Je n'usurperai point la suprême puissance.

MÉROPE.

Non ; je ne veux, Seigneur, qu'une juste vangeance.

Regnez , donnez des loix aux peuples de Memphis ,

Mais, vangez-moi , vangez mon époux & mon fils.

Ce fut ici , Seigneur , au lieu même où vous êtes ,

Que pour combler l'horreur de ses trames secrettes ,

Amasis , excitant de rebelles Soldats ,

Arma contre son Maître un sacrilege bras.

J'entends du bruit, j'accours... ô mortelles allarmes!

Je me jette au travers des Soldats & des armes ,

Et , tâchant par mes cris de suspendre leurs coups ,

Dans des ruisseaux de sang j'apperçois mon époux ,

Qui même après sa mort sembloit encor deffendre

Les jours infortunez d'une Victime tendre ;

Son fils, qu'étroitement il tenoit embrassé,
Sous lui du même fer avoit été percé.
Un seul enfant restoit d'une auguste famille,
Je cours toute éperduë au berceau de ma fille ;
Et, sans pouvoir encor former aucun dessein,
La baignant de mes pleurs, je la prends sur mon sein.
Déja l'astre du jour faisoit place aux ténébres,
Je fuis aux bords du Nil, vers ces tombeaux célebres
Qu'aux cendres de ses Rois l'Egypte a consacrez,
Des plus hardis mortels aziles révérez.
Le Tyran nous y suit, il nous joint : le Perfide
N'avoit point assouvi sa fureur parricide :
De ma fille à mes yeux ordonnant le trépas,
Dans l'horreur d'une Tour il entraîne mes pas,
M'y livrant aux fureurs d'une Garde étrangere,
Il a jusqu'à ce jour prolongé ma misere ;
Seigneur, voilà mon sort. Le Ciel dans votre main
Remet avec la foudre un pouvoir souverain,
Sa faveur à vos pas attache la Victoire ;
Mettez, Seigneur, mettez le comble à votre gloire ;
Et vangez à la fois, dans un sang odieux,
L'Egypte, mes enfans, mon époux & les Dieux.

CAMBISE.

Madame, de vos maux je sens la violence.
J'aurai soin de ma gloire & de votre vangeance,

Je ne vous offre point de steriles secours ;
Les effets parleront bien mieux que mes discours.

à Phanès.

Faites dans ce Palais connoître votre Reine ,
Phanès.

SCENE IV.

MEROPE, PHANE'S.

MEROPE.

Ciel ! ne rends point mon espérance vaine.

PHANE'S.

Madame, attendez tout des sentiments du Roy.

MEROPE.

C'est à vous , à vos soins , Phanès , que je les doi.
Vous avez en ces lieux amené son armée ;
En sortant de mes fers , j'en viens d'être informée.
Mes maux sont adoucis de voir qu'à mon époux
Il reste , après sa mort , un sujet tel que vous.
Mais de tout votre sang le destin déplorable....

PHANE'S.

Funeste souvenir, dont la rigueur m'accable !
Mais enfin , le bonheur , qui vous offre à mes yeux ;

Me fait tout préfumer de la bonté des Dieux;
J'admire en fes decrets leur fagefíe immortelle ;
Et j'en attends encor une faveur nouvelle ;
Lorfque par un Tyran nous fûmes opprimez ;
Des bruits fourds dans Memphis furent long - tem
                    femez
Qu'aux horreurs du trépas votre fille arrachée ;
Par les foins d'Amafis avoit été cachée.

ME'ROPE.

Que dires-vous, Phanès ? ma fille ! juftes Dieux !
Elle verroit encor la lumiere des Cieux ?
Vain efpoir ! je fçai trop qu'elle lui fut ravie.

PHANE'S.

Peut-être le Barbare, en lui fauvant la vie,
Se voulut affermir dans fon autorité.
Si je n'en pus alors percer la vérité,
Le Deftin des combats met en notre puiffance
Tous ceux, qui du Tyran eurent la confiance.
Souverains dans Memphis nous fçaurons aifément
Si ce bruit autrefois eut quelque fondement.

ME'ROPE.

Ses amis voudront-ils révéler ces myftéres ?

PHANE'S.

Connoiffez d'un Tyran les amis mercenair

Des cœurs vils & rempans , de serviles flatteurs ;
Dans la prospérité lâches adorateurs ,
Aveuglement soûmis à son obéïssance ,
Ils étalent pour lui leur zele , leur constance ;
A ses seuls intérets on les croiroit liez ,
Renversez leur Idole , ils la foulent aux pieds :
Ainsi que la Fortune , ils changent de visage
Et pour ceux qu'elle flate & pour ceux qu'elle outrage:
Vous les verrez bientôt par crainte , où par espoir ,
Venir nous révéler ce que je veux sçavoir.

MEROPE.

Quel transport, cher Phanès, vous jettez en mon ame!

PHANE'S.

Fiez-vous à mes soins & calmez-vous , Madame:
Mais , on entre , sortons : des objets odieux
Dans ce Palais encor pourroient blesser vos yeux.

SCENE V.

AMASIS , PSAMMENITE.

PSAMMENITE.

N'En doutez point, Seigneur, le destin plus propice
Lorsque vos pas touchoient au bord du precipice,

'A du fils de Cyrus defarmé le courroux ,
Et détourné les maux que je craignois pour vous.
J'ofe tout efpérer des vertus de Cambife :
Phanès , dont vos regrets excufent l'entreprife ,
Loin de hâter le coup , qui pouvoit le vanger ,
Par des foins généreux cherche à vous protéger.

AMASIS.

Que ne puis-je en fon fang éteindre ma colere ?
Que ne puis-je aux enfans unir enfin le pere ?
Et punir le Cruel , d'avoir forcé mon cœur
A cacher un inftant mon trouble & ma fureur ?

PSAMMENITE.

Qu'entends-je? vos remords vous auriez pû les feindre?

AMASIS.

Qui veut regner, mon fils, doit fçavoir fe contraindre ;
Aux divers changements & des tems & des lieux ,
Conformer avec art fes difcours & fes yeux.
Je fuis vaincu : l'audace eût haté mon fuplice ;
De mes foûmiffions employons l'artifice.

PSAMMENITE.

Ah ! ne vaut-il pas mieux ? . . .

AMASIS.

Tu fçauras après moi.
Jufqu'où l'Ambition peut engager un Roi.

Tout cede dans une ame aux charmes d'un Empire;
Je m'y suis élevé ; si j'en descends , j'expire.
Mais, un espoir certain vient me luire aujourd'hui ,
Nitetis de mon Trône est le plus ferme appui ;
Elle peut tout.

PSAMMENITE.

Ma sœur ?

AMASIS.

Oüy , Cambise la vûë ;
Et d'un trouble soudain son ame s'est émuë,
Son silence, ses yeux par l'Amour attendris,
A qui les observoit , n'en ont que trop appris.
Il l'adore, te dis-je : ô Destin favorable !
L'Amour, pour les Héros écüeil inévitable ,
De leurs plus grands exploits leur fait perdre les fruits;
Cambise est amoureux , ses projets sont détruits.
Songeons à profiter, mon fils , de sa foiblesse.
Nitetis a pour toi la plus forte tendresse ;
Pour moi, j'ai vû son cœur, dès ses plus jeunes ans ,
Repondre avec contrainte à mes soins complaisans :
A la tendre Amitié toûjours inaccessible ,
Elle ne suit la loi que d'un devoir pénible ;
Sa fierté, toûjours prompte à traverser mes vœux,
Semble , en moi ne trouver qu'un Tyran rigoureux.

C'est du

C'est à toi seul, mon fils, à me montrer ton zele.
Dans mes nouveaux desseins sois constant & fidelle ;
Engage la Princesse à flatter une ardeur,
Qui peut nous rendre encor la suprême Grandeur.
Cambise, de l'amour subissant l'esclavage,
Laisse à de vains desirs amollir son courage ;
Qu'il nous laisse regner ; va, fais que Nitetis
A ses empressements ne cede qu'à ce prix,
Qu'il aille loin de nous, satisfait de sa proye,
Posseder un objet, que je livre avec joye.

PSAMMENITE.

Ah ! que prétendez-vous ? votre fille, ma sœur
Suivroit, en vile esclave, un superbe vainqueur ?
Car enfin, croyez-vous qu'il dépoüille pour elle,
Des Monarques Persans la fierté naturelle ?
Quel titre à Nitetis, quel rang est destiné ?
Quel opprobre éternel au sang dont je suis né !
Non ; ne présumez pas qu'elle même y consente ;
Un projet si honteux m'irrite, m'épouvante :
Vous fûtes Roy, Seigneur, je suis sorti de vous,
Du sort injurieux nous ressentons les coups,
Montrons notre courage : Eh ! qu'est-ce que la vie,
Quand il faut la traîner avec ignonomie ?
Que le Vainqueur prononce, &, si sa dure loi
Cesse dans vos enfants de respecter un Roy,

Quelques maux que sur nous son fier courroux
rassemble ,

Vous , Nitetis & moi , mourons tous trois ensemble.
Le plus affreux trépas. . . .

AMASIS.

J'approuve ce transport.

Nous sommes seuls ; il faut te découvrir son sort.
Tu vas être étonné d'apprendre ce myftere.
Quelle que soit pour toi l'amitié de ton pere ,
A toi-même , mon fils , jusques à cet instant ,
J'ai crû devoir cacher ce secret important.
Dans les murs de Says, né d'une race obscure
J'avois en vain tenté d'en réparer l'injure ;
Dans les Camps d'Apriès, j'attendois pour tout fruit
Les plus legers honneurs , où la valeur conduit.
Avec d'heureux exploits & quelque renommée ,
Je parvins par degrez à commander l'armée :
Cette gloire bornoit mes vœux ambitieux ,
Lorsque , pour m'enhardir , je te reçûs des Dieux.
Ma tendreffe pour toi dans ta premiere enfance ,
Me fit envisager la suprême Puissance :
C'est pour toi seul, mon fils, qu'étouffant les remords,
Je préparai mon bras à de plus grands efforts.
Les Soldats m'honoroient témoins de mon courage ,
Je brigue chaque jour leur amour , leur suffrage :

Excitant en secret quelques seditieux
A venir en tumulte environner ces lieux ;
J'assemble mes amis , sous la vaine apparence
Que je veux , des mutins réprimer l'insolence ;
J'entre dans le Palais : le Roy s'y livre à nous ,
Et sans aucun effort il tombe sous nos coups ;
Son fils meurt avec lui : Je parviens à l'Empire.
De cet événement on aura pû t'instruire :
Mais apprends un secret , qui n'est sçû que de moi.
Quand les Peuples du Nil m'eurent proclamé Roy ,
Je voulus assûrer le Trône à ma famille.
D'Apriès expirant il restoit une fille ,
Je l'enleve & me rends arbitre de son sort.
Ta sœur alors mourut & je cachai sa mort ,
Sous son nom , en secret Nitetis élevée
Aux plus hardis projets fut par moi réservée.

PSAMMENITE.

Quoy ! Seigneur , Nitetis ? . . . .

AMASIS.

        Elle n'est point ta sœur.
Etouffe la Pitié qui parle dans ton cœur.
Le dessein que formoit une vaine Prudence ,
Ne doit plus desormais nourrir notre Espérance.

C ij

Lorſque Cambiſe, aidé de mon cruel Deſtin
Entra dans mes Etats, les armes à la main,
J'allois te couronner & te ceder l'Empire.
A ton hymen, mon fils, j'étois prêt de ſouſcrire,
Détrompant Nitetis aux pieds de nos Autels,
Je l'uniſſois à toi par des nœuds éternels.

PSAMMENITE.

De quels traits frappez-vous une ame infortunée ?
J'aurois à Nitetis uni ma deſtinée !
Ciel !

AMASIS.

  Ton cœur, je le voi, n'auroit pû m'obéïr,
La Princeſſe eſt d'un ſang, que nous devons haïr.
Achevons les projets que ma fureur enfante.
D'Apriès en ces lieux l'Ombre eſt encor errante,
Qu'il ne ſoit point en paix dans la nuit du tombeau,
Préparons à ſa cendre un outragen ouveau.
Il eſt mort par mes coups: qu'un Deſtin plus funeſte
De ſa famille éteinte accable ce qui reſte.
Que ſa fille, livrée au pouvoir du Vainqueur,
D'un honteux eſclavage éprouve la rigueur,
Et que de ſa naiſſance ignorant le myſtere,
Elle aſſûre en nos mains le Sceptre de ſon pere.
Sa Vertu trop farouche eſt tout ce que je crains…
Qu'elle n'attende pas mes ordres ſouverains ;

Flechis par tes discours la fierté de son ame,
Vante-lui de Cambise & le rang & la flâme,
Parle, agis : s'il le faut, laisse-lui concevoir
D'un glorieux hymen le chimérique espoir.
Songe, en executant ce que ton pere ordonne,
A quel prix, pour toi seul, j'achettai la Couronne.
Mon fils, pour affermir notre Trône ébranlé,
Jusques à la Vertu tout doit être immolé.

SCENE VI.

PSAMMENITE, *seul.*

QUelle surprise! où suis-je? ô Fortune implacable!
Joüet de ton courroux, quel nouveau trait m'accable!
Quel abîme imprévû! Juste Ciel! Nitéris
Est fille d'Apriès, & moi, fils d'Amasis!
Affranchi des remords qui déchiroient mon ame,
Quel obstacle je trouve au bonheur de ma flâme!
Du frere & de l'amant que le sort est affreux!
J'auray vêcu coupable, & mourray malheureux.

Fin du second Acte.

ACTE III.

SCENE PREMIERE.

PSAMMENITE, THYAMIS.

PSAMMENITE.

NOn ; tu ne peux sçavoir quelle douleur me
　　　presse ,
Va , mon cher Thyamis, va trouver la Princesse ,
Dis-lui, que sans témoin je demande à la voir ;
Qu'elle daigne un moment répondre à mon espoir.

SCENE II.

PSAMMENITE, *seul.*

Quel dessein formes-tu, malheureux Psamménite ?
Esperes-tu calmer le trouble qui t'agite ?
Oüy ; je puis respirer : Hélas ! jusqu'à ce jour ,
Je ne fus criminel que par mon seul amour.

Un secret révélé me rend mon innocence,
Et j'ose dans mon cœur rapeller l'Espérance.
Les temps pourront enfin... que dis-je ? infortuné !
Ne me souvient-il plus de quel sang je suis né ?
Elle n'est plus ma sœur : mais, ô Destin barbare !
Un obstacle aussi grand pour jamais nous sépare.
Pourrois-je à Nitetis me montrer sans effroi ?
Le crime de mon pere à passé jusqu'à moi.
Et je cherche à la voir, à lui parler encore !
Viens-je lui déclarer l'ardeur qui me dévore?
Sous le nom de son frere, oserai-je à ses yeux
Faire l'indigne aveu d'un amour odieux ?
La Vertu, qui toûjours a regné sur son ame,
Fremit, en apprenant ma criminelle flâme.
Si je lui dis son sort & bannis son erreur,
Comme fils d'Amasis, je vais lui faire horreur :
Qu'est-ce donc que je veux ? employant l'artifice,
Des complots d'Amasis me rendrai-je complice ?
Irai-je, d'un Rival secondant les souhaits,
Engager ce que j'aime à ne me voir jamais ?
Non ; sur tous mes malheurs plus je porte la vûë,
Moins, pour m'en arracher, je puis trouver d'issuë.
Lorsque dans un combat je cherchois à mourir,
Impitoyables Dieux, pourquoi me secourir ?

C iiij

S C E N E   III.

PSAMME'NITE , THYAMIS.

THYAMIS.

LA Princesse, Seigneur, vous cherchoit elle-même :
Vous l'allez voir.

PSAMME'NITE.

Fuyons.

THYAMIS.

D'où naît ce trouble extrême ?
Quel soudain changement ! je ne vous connois plus,
Ces soûpirs échapez & ces discours confus. . .

PSAMME'NITE.

Je vais la voir !

THYAMIS.

Quoi donc ! avec impatience
N'avez-vous pas, Seigneur, souhaité sa présence ?

PSAMME'NITE.

Ami , conçoi l'horreur de l'état où je suis ,
Puis qu'à toi-même enfin je cache mes ennuis,

Je te permis toûjours de lire dans mon ame,
Je ne t'ai rien celé ; tu sçais jusqu'à ma flâme.
Qui l'eût crû, que le Sort plus rigoureux pour moi
M'envîroit la douceur de m'en plaindre avec toi ?
Ne me presse jamais sur ce fatal mystere,
Mais, sans le pénétrer, déplore ma misere.

THYAMIS.

On vient.

PSAMME'NITE.

C'est Nitetis ! Laisse-nous : Justes Dieux !
Quels troubles je ressens à paroître à ses yeux !

SCENE IV.

NITETIS, PSAMME'NITE.

NITETIS.

LA colere du Ciel contre nous animée,
Puisque je vous revois, me semble enfin calmée.
De mes tristes soûpirs le cours est arrêté.
O mon frere ! combien m'en avez-vous coûté !
Combien, dans le débris de la cause commune,
Ai-je craint pour vous seul les traits de la Fortune ?

Je suis unie à vous par des liens sacrez,
Qu'une amitié sincere a toûjours reserrez.
Dès mes plus jeunes ans, je l'avoüirai, mon frere,
Quoique puisse exiger le tendre nom de pere,
Quelquefois, d'Amasis l'ambitieuse ardeur
A dans mes sentiments jetté de la froideur.
Placée au plus haut rang, quelquefois je soûpire
De tout ce qu'il a fait pour monter à l'Empire,
Mais, en secret mon cœur de vos vertus charmé,
Par son propre penchant, vous a toûjours aimé.

PSAMMENITE.

Ah ! Princesse ! ...

NITETIS.

              Mes vœux étoient pour votre gloire.
Si Cambise aujourd'hui remporte la victoire,
Meprisez un succez qui dépend du hazard,
Joüissez d'un triomphe, où vous seul avez part.
Mon frere, dans Memphis vos vertus adorées,
De nos fiers ennemis sont même révérées.
J'aprends que du Vainqueur le plus ardent courroux,
Quand vous avez paru, s'est adouci pour nous.
Son cœur reconnoissant d'un signalé service,
A votre grand courage aime à rendre justice.

PSAMME'NITE.

Non ; s'il suspend le bras , qui faisoit tout trembler ,
S'il soûtient Amasis. au lieu de l'accabler ,
Ce n'est point un effet de sa reconnoissance ,
Un interêt plus cher desarme sa vangeance.

NITETIS.

Eh ! quel autre interêt ? . . .

PSAMME'NITE.

     Ce Roy victorieux ,
Cet ennemi si fier s'est soûmis à vos yeux.

NITETIS.

Que dites-vous ?

PSAMM'ENITE.

   L'Amour vous asservit Cambise ,
Il vous aime , Princesse , Amasis l'autorise ,
Et veut que mes conseils vous fassent recevoir
L'hommage d'un amour, qui lui rend quelque espoir.

NITETIS.

Mon pere ordonne-t'il que je me sacrifie ?
Non ; s'il ne s'agit pas de vous sauver la vie....

P S A M M E' N I T E.

Ah ! Madame , Cambife allarme plus mon cœur ,
Comme votre Captif, que comme mon Vainqueur.
Vous pouvez arrêter fes rapides conquêtes ,
Vous pouvez , de l'Egypte écarter les tempêtes ,
Vous pouvez , élevée au Trône des Perfans ,
Avec le Dieu du jour partager leur encens :
Mais à quelque mortel que vous foyez unie ,
Princeffe , votre hymen me coûtera la vie.

N I T E T I S.

Qu'entends-je ? Jufte Ciel !

P S A M M E' N I T E, *à part.*

                        O Prince malheureux ,

As-tu donc révélé le fecret de tes feux ?

N I T E T I S.

Je doute fi je veille : Etes-vous Pfamménite ?
En ce fatal moment, quel trouble vous agite ?

P S A M M E' N I T E.

Ma flâme dans mon fein n'a pû fe renfermer ,
Et ce trouble fuffit pour vous en informer.

N I T E T I S, *à part.*

Arrêtez. De quel feu fon ame eft embrasée !
J'admirois fes vertus : m'y ferois-je abusée ?

Dieux ! quels font vos decrets ? mon fang infortuné
A des crimes affreux eft-il donc deftiné ?
J'y vois, pour m'effrayer, & le meurtre & l'incefte.
Mon cœur le cheriffoit, il faut qu'il le détefte.
Je fremis.

PSAMME'NITE.

Ce courroux que je vois dans vos yeux ,
Etonne plus mon cœur, que la foudre des Dieux.
Mais, pour me condamner, daignez au moins m'en-
tendre.

NITETIS.

Non ; laiffez-moi vous fuir.

PSAMME'NITE, *à part.*

Je ne puis m'en défendre.
Il faut enfin, il faut diffiper fon erreur :

Il arrête Nitetis.

Ecoûtez-moi, Princeffe , avec moins de rigueur.
Je ne fuis point du fang dont vous êtes formée ,
Et mon crime n'eft pas de vous avoir aimée.

NITETIS.

Qu'entends-je ?

PSAMME'NITE.

Quel fecret m'échape malgré moi !
Un cœur trop embrasé n'eft point maître de foi.

N I T E T I S.

Prince, c'est trop long-tems me voiler ce myftere;
Faites ceffer mon trouble, où craignez ma colere.

P S A M M E' N I T E.

Il faut vous obéïr... Mais qu'eft-ce que je fais ?
Je trahis Amafis & me perds pour jamais !
Je vais, par un feul mot, m'attirer votre haine.

N I T E T I S.

Ceffez de me tenir plus long-tems incertaine.

P S A M M' E N I T E.

Le fecret d'Amafis n'eft point encor trahi ;
Je n'ai que cet inftant pour n'être point haï.
Madame, vous fçavez par quelle violence
Mon pere dans Memphis établit fa puiffance.
Autrefois, d'Apriès les funeftes malheurs,
Retracez à vos yeux, ont fait couler vos pleurs.
Oüy ; vous deviez pleurer le fort de fa famille.

N I T E T I S.

Qu'eft-ce que j'entrevois ? Ciel ! . . .

P S A M M E' N I T E.

                                    Vous êtes fa fille.
Amafis m'a tout dit : Vous m'avez arraché
Un fecret, qui toûjours devoit être caché.

Amasis & son fils en seront les Victimes ;

Leur sort est dans vos mains.

NITETIS.

Ah ! je vois tous ses crimes.
Ce n'est point par pitié qu'il voulut m'épargner ;
Et son ambition ne cherchoit qu'à regner.
Détestables projets ! Prince, dès mon enfance ;
Vous connoissez mon cœur, & sçavez comme il pense,
Il fut toûjours severe à remplir son devoir,
Jugez des sentiments, qu'il vient de concevoir.
Lorsque dans Amasis je regardois un pere,
Je déplorois le cours d'un regne sanguinaire :
Mais, les plus grands forfaits presentez à mes yeux ;
Ne devoient point alors me le rendre odieux :
Je leur prêtois souvent des couleurs favorables ;
Et je les imputois à des amis coupables,
Qui, d'un ambitieux nourrissant la fureur ;
Avoient de leurs conseils empoisonné son cœur.
Mais, Seigneur, aujourd'hui cessant d'être sa fille ;
Je vois le meurtrier de toute ma famille ;
Moi-même reservée à servir ses desseins,
J'allois donc affermir le Sceptre dans ses mains !
J'ai peine à renfermer le courroux qui m'enflâme ;
Des désirs de vangeance, allumez dans mon ame,

Vont , de mon ennemi preſſer le châtiment :
Blâmez , ſi vous l'oſez , un pareil ſentiment.

PSAMME'NITE.

Des projets d'Amaſis je ſçai trop l'injuſtice :
Mais , Madame, mon cœur n'en fut jamais complice;
Et mon amour pour vous. . ..

NITETIS.

Laiſſez-moi me cacher
L'aveu , qu'un vain eſpoir vient de vous arracher.
Livrée à tant de traits , dont le deſtin m'accable ,
J'aurois trop à ſouffrir , ſi vous êriez coupable.

PSAMME'NITE.

Moi , coupable !

NITETIS.

Oüy, Seigneur. Car enfin, un ſeul jour
N'a pas dans votre ſein fait naître cet amour.
Me croyant votre ſœur , une Vertu ſi pure
N'a-t'elle point frémi des loix de la Nature ?
En ne triomphant pas de cet amour naiſſant ,
Votre cœur , à vos yeux parut-il innocent ?

PSAMME'NITE.

Ah! vous m'allez haïr, quand vous devez me plaindre.
Apprenez quels efforts. . . .

NITETIS.

Vous ſçûtes vous contraindre ;
Et

Et je rends grace aux Dieux de voir que la Vertu ,
Même après sa defaite , a long-tems combattu.
Mais , parmi les horreurs de mon sort & du vôtre ,
Quel étrange entretien & pour l'un & pour l'autre !
Seigneur, laissez-moi seule. En de si grand malheurs,
Je dois à vos regards dérober mes douleurs.

PSAMMENITE.

Malheureux ! quel arrêt ! il y va de ma vie.
Mais , vous me l'ordonnez , vous serez obéïe.
Plaignez du moins mon sort & n'imputez qu'aux dieux
Si je suis né d'un sang , qui vous est odieux.

SCENE V.

NITETIS, *seule.*

SE pourroit-il, mes yeux, qu'il eût part à vos larmes?
Je le plains & pour lui je ressens des allarmes !
Est-ce le sentiment , qui devroit m'animer ?
Que reste-t'il encor , si ce n'est de l'aimer ?
Moi, l'aimer ! A priès m'a donné la naissance,
Je ne dois desormais songer qu'à sa vangeance.
Reste d'un sang si beau je respire & je voi
Quel prix les justes Dieux en exigent de moi.

O mânes d'Apriès ! chere ombre de mon pere !
Des plus noirs attentats ton Trône est le salaire :
Et pour comble de maux , sans cesse tu gémis
De me voir confonduë avec tes ennemis.
Pardonne. J'ignorois , hélas ! ma Destinée.
Rien ne ma révélé le sang dont je suis née ,
Que mon penchant secret à pleurer tes malheurs.
J'étois encor réduite à condamner mes pleurs.
Quand je devois haïr , je m'efforçois de plaire ,
Et dans ton Meurtrier , je respectois un pere ;
Je lui rendois hommage & je baisois la main ,
Qui d'un fer parricide avoit percé ton sein !
Quel souvenir affreux me trouble , me devore !
Il allume un courroux , qu'il faut accroître encore.
Témoin de tant d'horreurs , Palais de mes Ayeux ,
Montrez-moi près du Trône un Tyran furieux ,
Au milieu des Bourreaux dévoüez à sa rage ,
Par un barbare effort consommant son ouvrage ,
Presentez-moi mon pere à leurs pieds étendu ,
Et le sang de son fils , dans le sien confondu.
Voilà les sentiments , voilà l'unique idée ,
Dont mon ame à jamais doit être possédée.
De ma main, s'il le faut, immolons Amasis...
Mais, quelle est ma rigueur pour son malheureux fils!
Ciel ! qui me demandez une prompte vangeance ,
Secondez mes efforts , soûtenez ma constance ,

Ne me permettez plus de plaindre, ni de voir
Ce qui peut un inſtant balancer mon devoir.
On vient. C'eſt une Eſclave. Elle m'eſt inconnuë.
A l'aſpect de ces lieux qu'elle paroît émûë !

SCENE VI.

ME'ROPE, NITETIS.

ME'ROPE.

PAlais d'un Roy puiſſant qu'adoroit l'Univers,
Lieux, funeſtes témoins des plus cruels revers,
Séjour, pour moi ſi cher, puis-je vous reconnoître?
Quel affreux changement ! Mais, qui vois-je paroître?

apercevant Nitetis.

Elle ſemble gémir de voir couler mes pleurs !
Ces marques de pitié ſuſpendent mes douleurs.

NITETIS.

J'ignore les tourments, dont elle eſt accablée.
D'où vient qu'en la voyant je me ſens ſi troublée?
Aprenons ſon Deſtin.

à Mérope.

Ne pourrai-je ſçavoir
D'où naît cette douleur, que vos yeux me font voir?
Vos pleurs m'ont attendrie & dans votre triſteſſe,
Par un ſecret penchant, la Pitié m'intéreſſe.

Voyez-vous ce Palais pour la premiere fois ?

M E' R O P E.

J'y cherche le tombeau du plus grands de nos Rois.

N I T E T I S.

Et de qui ?

M E' R O P E.

                  D'Apriès. Sur le rivage sombre ,
Laisse-ton , sans honneur errer encor son Ombre ?

N I T E T I S.

Le tombeau d'Apriès est ce que vous cherchez ?

M E' R O P E.

Madame, de mes maux les Dieux enfin touchez ,
Me permettront, au moins , de donner à sa cendre
Des larmes, que sa mort fera toûjours répandre.

N I T E T I S.

Ah , que vous m'agitez ! Mais , jusqu'à ce moment ,
Qui vous a pû priver de ce soulagement ?

M E' R O P E.

Hélas ! loin de ces lieux , captive , prisonniere . . .
Mes yeux , depuis quinze ans , n'ont point vû la lu-
                miere.
De pleurs toûjours noyez. . . .

N I T E T I S.

                  O mortelle douleur !
Chaque mot qu'elle dit , me pénétre le cœur !

ME'ROPE.

Henreuse ! si la mort eût pû finir mes peines.
J'ai langui sous le poids des plus affreuses chaînes,
Des Soldats inhumains entouroient ma prison,
Je n'osois, d'Apriès y prononcer le nom.
J'irritois leur fureur.

NITETIS.

Que dans un trouble extrême,
En prononçant ce nom , vous me jettez moi-même !
Mais qui vous fait haïr les autheurs de sa mort ?
Quel intérêt si cher prenez-vous à son sort ?

M'EROPE.

Puis-je trop déplorer sa triste Destinée ?
Vous voyez, d'Apriès l'Epouse infortunée.

NITETIS.

O Dieux !

ME'ROPE.

J'ai vû périr mon Epoux & mon fils.
Vous connoissez la main , d'où les coups sont partis.
Ah ! si le déstructeur d'une illustre famille ,
Du moins, dans ma prison m'avoit laissé ma fille ? ...

Elle reſtoit encore , il m ôta tout eſpoir.

N I T E T I S.

Madame , dans vos bras daignez la recevoir,

ME'R O P E.

Vous , ma fille ?

N I T E T I S.

Aux tranſports, dont mon cœur n'eſt plus maître.
Aux pleurs que je répands , daignez me reconnoître.

ME'R O P E.

Oüi, c'eſt vous. Sans chercher à rappeller vos traits,
J'en crois, de mon amour les ſentiments ſecrets.
Quels garands plus certains ?...

S C E N E VII.

ME'R O P E , N I T E T I S , P H A N E'S.

P H A N E'S , à *Mérope.*

Nous avons des indices,
Et d'Amaſis, enfin j'ai trouvé les complices :
Devant moi, ſans effort, ils ont tout revélé....

en voyant Nitetis.

Mais, que vois-je ? déja la Nature a parlé;

Madame, auprès de vous je trouve la Princesse,
Et vous versez des pleurs de joye & de tendresse,
Même trouble l'agite! ô favorables Dieux!
Quel spectacle touchant est offert à mes yeux!

   à Nitetis.

Comment, de votre sort pouvez-vous être instruite;
Princesse?

NITETIS.

    J'en ai sçû la déplorable suite
De l'auteur de mes jours le barbare assassin
A lui-même à son fils déclaré mon destin.

ME'ROPE.

Dans notre cœur, Phanès, la voix de la Nature
Vient de nous en donner la preuve la plus sûre.

NITETIS.

O ma mere! à ce nom que mon cœur agité,
De plaisirs inconnus est tendrement flatté!

ME'ROPE.

Ma fille, enfin des Dieux l'immortelle puissance
A l'amour maternel a rendu ta présence.
J'adore leurs bienfaits & mes tourments passez,
Dans tes embrassements, viennent d'être effacez.

Mais, d'un juste devoir conservons la mémoire:
Que Cambise nous vange ; il y va de sa gloire.

NITETIS.

Le Vainqueur servira notre ressentiment :
Madame, d'Amasis pressons le châtiment ;
Qu'il périsse.

MÉROPE.

Pour nous, est-ce assez qu'il périsse ?
Notre malheur exige un plus grand sacrifice.
Ma fille, oubliez-vous que votre frere est mort ?
Que le fils d'Amasis éprouve un même sort :
Son sang... Vous vous troublez ? qu'une juste colere...

NITETIS.

Madame, allons ensemble au tombeau de mon Pere :
Et le cœur pénétré des plus vives douleurs,
Pour tribut, sur sa cendre allons verser des pleurs.
Acquittons-nous d'abord de ce soin legitime,
Et nous irons après demander la Victime.

Fin du troisième Acte.

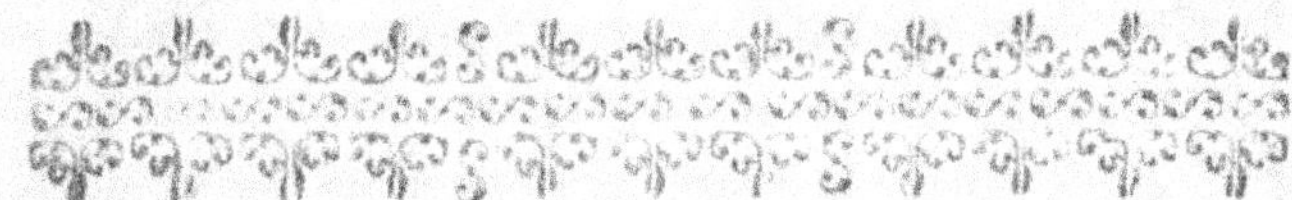

ACTE IV.

SCENE PREMIERE.

CAMBISE, ARSANE.

CAMBISE.

ARſane, demeurons : Tout flatte mon eſpoir,
Nitetis elle-même en ces lieux veut me voir.

SCENE II.

CAMBISE, PHASIMENE, ARSANE.

CAMBISE, *à Phaſimene.*

J'Attendois ton retour. Approche, Phaſimene ;
Quels ſont nos ennemis ? quel deſſein les amene ?
Jaloux de voir le Nil ſe ſoûm'ettre à mes loix,
Prétendent-ils borner le cours de mes exploits ?
Parle.

PHASIMENE.

J'ai vû, Seigneur, cette nouvelle armée,
Que des Peuples divers contre vous ont formée :
D'un Roy d'Ethiopie ils suivent tous les loix,
Ils l'ont nommé leur chef d'une commune voix ;
Et j'ai crû, par nos mœurs jugeant de leurs usages,
Devoir le prévenir par de brillants hommages.
Introduit sous le nom de votre Ambassadeur,
J'en ai, par des presens, soûtenu la splendeur.
Son orgueil m'a surpris, je ne puis vous le taire.

CAMBISE.

Poursuis.

PHASIMENE.

Gardant toûjours un air sombre & sévére,
Il n'a pas daigné même honorer d'un regard
L'or & tous les presens offerts de votre part.
J'ai vanté vos sujets, leurs exploits, leur puissance,
L'éclat de votre rang & de votre naissance,
,, Que veux-tu? me dit-il, & quels sont ces Persans?
,, Que tes discours flateurs nous ont peints si puissants,
,, Puisque le Ciel vous rend Maîtres d'un vaste em-
                    pire,
,, Sur ces bords inconnus quel desir vous attire ?

,, Tu m'apportes de l'or ! regarde dans ces lieux

,, A quoi fervent ces dons , que tu crois precieux.

J'y vois des criminels accablez fous des chaînes

L'or le plus pur formoit l'inftrument de leurs gênes.

,, Veux-tu voir mes Tréfors ? il offre à mes regards

Des Arcs , des Boucliers, des Glaives & des Dards.

,, Voilà nos biens , dit-il. Prodiguant notre vie ,

,, Nous ne les employons que pour notre Patrie ;

,, Et fans porter ailleurs le ravage & la mort ,

,, Nous vivons dans les champs , que nous donne le
     Sort.

,, La valeur de Cambife a causé des allarmes :

,, Nous venons repouffer la force de fes armes ,

,, Arrêter un torrent , qui dans fon fier courroux ,

,, S'il fortoit de Memphis , s'étendroit jufqu'à nous.

,, Va , retourne à ton Roy ; dis-lui notre entreprife ;

,, La Juftice l'approuve & le Ciel l'autorife.

,, Di-lui que les Perfans doivent fe croire heureux ,

,, Que nous ne brûlions pas des mêmes defirs qu'eux ;

,, Et que nous préférions des campagnes fertiles

,, Au barbare plaifir d'anéantir des Villes.

CAMBISE.

J'admire cet orgueil ! mais , j'ofe me flatter

Qu'à de tels ennemis je pourrai réfifter.

Ces fuperbes difcours me caufent peu d'allarmes.
à Phafimene.

Cependant , fans tarder , faites prendre les armes :

Rappellez au drapeau le Soldat écarté ;
Que l'ardeur du butin peut avoir arrêté :
Que tous mes Chefs soient prêts. Allez.

- - - - - - - - - - - - - - - - - -

S C E N E   I I I.

CAMBISE, ARSANE.

CAMBISE.

ON nous menace.
De ce Peuple si fier connoissois-tu l'audace ?

ARSANE.

Aux plus rudes travaux, ce Peuple s'est formé :
Pour tout autre que vous il m'auroit allarmé.
Mais, après tant d'exploits, la constante Victoire.
Vous prépare, Seigneur, une nouvelle gloire.

CAMBISE.

Je confie à Phanès les remparts de Memphis.
Veille dans ce Palais. . . Mais, je voi Nitetis !
Va m'attendre.

SCENE IV.

CAMBISE, NITETIS.

CAMBISE.

Madame, oubliez vos allarmes.
Je viens faire cesser la source de vos larmes :
Au Temple de vos Dieux j'en ai donné ma foi ;
Vous connoîtrez bientôt votre pouvoir sur moi.

NITETIS.

Seigneur, si la Pitié sur un cœur magnanime
Donne aux infortunez quelque droit legitime ;
Plaignez de tout mon sang, plaignez le sort affreux.

CAMBISE.

Madame, mes desseins ont prévenu vos vœux.
A mes heureux travaux l'Egypte s'est soûmise,
Mais son Destin n'est plus au pouvoir de Cambise.
Ma Victoire en vos mains a remis tous ses droits,
Et mon cœur même ici ne suit plus que vos loix.

NITETIS.

De pareils sentiments blesseroient votre gloire.
Un Héros, tel que vous, au sein de la Victoire ;

Soit qu'il faille , Seigneur , punir ou pardonner ;
Par de plus grands motifs doit se déterminer.
Votre Justice seule. . . .

C A M B I S E.

Ah ! permettez , Madame ,
Qu'elle cede à l'ardeur , qui dévore mon ame.
Plus je m'efforce à vaincre un trop juste courroux ;
Et plus je vous fais voir l'amour que j'ai pour vous.
Loin de perdre Amasis , je lui sauve la vie.
Que voulez-vous encor que je vous sacrifie ?

N I T E T I S.

Qu'entends-je ? en ma faveur vous respectez ses jours ?
Quand je viens vous presser d'en terminer le cours ?
Vous ignorez mon sort , Apriès est mon pere.

C A M B I S E.

Votre pere ?

N I T E T I S.

Oüy , Seigneur , ce n'est plus un mystere
Quand mon frere avec lui fut ici massacré ,
De la soif des grandeurs Amasis devoré.
Osa , pour affermir son injuste puissance ;
Sous le nom de sa fille élever mon enfance.

CAMBISE.

Juste Ciel !

NITETIS.

Aujourd'hui me livrant en vos mains,
Il méditoit encor de perfides desseins.

CAMBISE.

Le Cruel ! je puis donc même en votre préfence,
De mon juste courroux montrer la violence ?

NITETIS.

Fils de Cyrus, ce nom l'espoir des malheureux,
M'affure en ce moment, le succès de mes vœux,
Je viens à vos genoux...

CAMBISE.

Que faites-vous, Madame,
Est-ce à vous de prier ? Vous regnez sur mon ame,
J'obéïs à vos loix, commandez ; vos souhaits
Aussitôt que formez, vont être satisfaits.

NITETIS.

La Vertu dans ces lieux si long-tems outragée,
N'a d'apui qu'en vous seul & veut être vangée.
Les mânes d'Apriès par des gemissements,
Vous pressent de répondre à leurs ressentiments.

Offrez leur un Tyran dans l'horreur des suplices ;
Expiant ses forfaits , ses lâches artifices ,
Vangez tous les tourments que ma Mere a soufers ;
Hélas ! en quel état elle sort de ses fers.
Elle erre en ce Palais éplorée , éperduë ,
Le meurtre d'un Epoux y blesse encor sa vûë.
Vous seul pouvez calmer son mortel desespoir.

C A M B I S E.

C'est pour vous qu'en ces lieux je craignois de la voir.
Je plaignois son destin : mais sourd à sa priere ,
Madame , je voulois vous conserver un pere ;
Et pour vos interéts exerçant son pouvoir ,
L'Amour fermoit mon cœur à tout autre devoir.
Graces aux Dieux , ma gloire à la vôtre est unie.
Je puis , en vous servant , punir la tyrannie.
Si la Vangeance peut adoucir les malheurs
D'une Mere éperduë & d'une Epouse en pleurs ;
Elle doit aujourd'hui l'attendre de mon zele.
Voyez-la : portez-lui cette heureuse nouvelle.
Je reviens à l'instant : persuadez-la bien
Que son ressentiment est devenu le mien.
Je n'ose en ce moment vous conjurer , Madame ,
Par les ardens transports de la plus vive flâme ,
De penser qu'aujourd'hui mon destin le plus doux
Est de vous adorer & d'être aimé de vous.

Je

Je sçais, lorsque j'aspire à ce cœur magnanime,
Qu'il faut, pour l'obtenir, meriter son estime :
Heureux, si mes respects & mes soins, quelque jour
Y pouvoient inspirer & l'estime & l'amour.
Psamménite paroît. Madame, je vous laisse.
Vous sçavez, pour ses jours combien je m'interesse;
Puissent tous les forfaits du barbare Amasis
Ne point fermer vos yeux aux Vertus de son Fils.

NITE'TIS, PSAMME'NITE,

NITETIS.

à part.

FUyons - le. Ses Vertus me forcent à le plaindre:
Je le fuis à regret; mais je dois m'y contraindre.

PSAMME'NITE.

Ah! Princesse, arrêtez. Je viens en ce moment
Donner à vos douleurs quelque soulagement.
Sçavez-vous qu'une Mere enfin vous est renduë?
Sçavez-vous? . . . .

NITETIS.

Oüy, mes yeux ont joüy de sa vûë,
Et nos embrassements soulageant nos douleurs,
Nous venons de mêler nos soûpirs & nos pleurs.

E

PSAMM'ENITE.

Quoy ! de vos jours fauvez elle fçait le myftere ?

NITETIS.

Avez-vous crû , Seigneur , que je devois le taire ?

PSAMM'ENITE.

Malheureux Amafis ! j'ai trahi tes fecrets ;
Ton fils , pour t'accabler , a préparé des traits !
Mon amour m'a contraint de rompre le filence,
Madame , vous allez preffer votre vangeance.
Votre jufte devoir vous en preferit la loi.
Trop heureux fi vos coups ne tomboient que fur moi !
Dieux ! pour toute faveur c'eft la mort que j'implore.
La même ardeur pour vous me brûle , me devore,
Madame , cette ardeur a du moins merité
Que vous foyez fenfible à fa fatalité.
Malgré moi , dès l'enfance elle fut allumée,
Il m'a fallu toûjours la tenir renfermée :
Mes yeux alors en vous ne voyoient qu'une fœur ;
Et de mille remords je reffentois l'horreur.
Quel trouble ! quel effroi ! quelle rude contrainte ;
Pour ne laiffer jamais échaper une plainte !
De divers mouvements nuit & jour combattu ,
J'excitois dans mon cœur ma tremblante vertu.

Tout change en un inftant. J'aprends votre naiffance,
Et de mes feux cachez je connois l'innocence.
Cependant vain efpoir ! auffitôt qu'il me luit ,
Dans un abîme affreux le deftin me conduit.
Je trouve que mon Pere a fait périr le vôtre ,
Que l'hymen ne peut plus nous unir l'un à l'autre.
Je perds jufqu'aux tourments qui flattoient mon
                    amour ,
Je pouvois vous parler & vous voir chaque jour.
C'en eft fait : à vos yeux je ne dois plus paroître.
Vous allez fuïr en moi le fang qui me fit naître.
Mais , quand le Ciel s'obftine à me defefperer ,
De votre eftime , au moins , j'ofe encor m'affûrer.
L'arrêt de mon trépas n'aura rien qui m'allarme ;
Si je puis vous coûter un foûpir , une larme ,
Sans me plaindre du fort , j'en fubirai les loix.

NITETIS.

Ecoûtez-moi , Seigneur , pour la derniere fois.
J'aimois dès mon enfance à trouver dans mon frere ,
D'un Prince généreux le noble caractere.
J'efperois que l'Egypte , où brilloient vos vertus ,
Du fang , dont vous fortez , ne fe fouviendroit plus ;
Et d'un pere cruel pardonnant tous les crimes ,
Vous placeroit au rang de fes Rois legitimes.

E ij

Par de finceres vœux vous prouvant mon ardeur,

J'ai rempli conftamment les devoirs d'une fœur :

Et fi pour vous enfin j'avois ceffé de l'être,

Sans avoir à vanger le fang qui me fit naître,

J'oferai l'avoüer, peut-être qu'en ce jour

J'aurois . . . de l'amitié paffé jufqu'à l'amour.

P S A M M E N I T E.

Ah ! Princeffe ! . . .

N I T E T I S.

    Achevez de me prêter filence.

Sur vos Vertus, Seigneur, c'eft ainfi que je penfe.

Mais je fçais que mon Pere a péri dans ces lieux,

Son fang y trace encor mon devoir à mes yeux.

Fille indigne de lui, laifferai-je impunie

La facrilege main, qui termina fa vie ?

Ma Mere en fa prifon !... que dis-je ? en un tombeau,

Des cieux, depuis quinze ans, n'a point vû le flambeau

Et trop lente à vanger le fort de fa famille,

Lui ferai-je un inftant méconnoître fa fille ?

Non, ne l'efperez pas. Par un dernier effort,

De l'auteur de vos jours je vais hâter la mort.

PSAMME'NITE.

Cambise vous adore & tout vous est possible ;
Madame.

NITETIS.

A son amour je ne suis point sensible.
Ce n'est point à l'Amant que je porte mes vœux ,
C'est au Héros , qui doit vanger les malheureux :
Sur sa seule équité tout mon espoir se fonde ;
Et je ne doute point , Seigneur , qu'il n'y réponde.
Cambise est généreux : mais s'il vouloit enfin
Ne vanger nos malheurs qu'en recevant ma main ,
La Gloire & le Devoir me faisant violence ,
J'irois , même à ce prix , lui demander vangeance.

PSAMME'NITE.

Digne sang d'Apriès ! j'admire malgré moy
Cette ardeur à vanger & son Pere & son Roy.

NITETIS.

O fils infortuné d'un Tyran trop coupable !
Hélas ! vous meritez un sort plus favorable.
N'en doutez point , Seigneur, je sauverai vos jours.

PSAMME'NITE.

Non ; cessez de m'offrir un si cruel secours.

Eh ! puis-je, d'Amasis voir le destin funeste,
Sans verser de son sang un déplorable reste ?
Et de quel œil encor les Peuples de Memphis,
D'un pere détesté reverroient-ils le fils ?
D'un amour malheureux l'ame toûjours éprise,
Irai-je sur vos pas à la Cour de Cambise ?
Si je voyois un jour mon Rival fortuné. . . .
Que sçai-je, enfin ? je crains le sang dont je suis né.
Dans les premiers transports d'une douleur mortelle,
Madame, à la Vertu je puis être infidelle.

N I T E T I S.

Fuyez, éloignez-vous : mais vivez, je le veux.
Cherchez à m'oublier sous un Ciel plus heureux,
Un Héros en tous lieux peut illustrer sa vie,
Et l'Univers entier doit être sa Patrie.

P S A M M E' N I T E.

Moi, je vivrois sans vous ?

N I T E T I S.

　　　　　　　　　Faites-vous un effort,
Et ne disposez point sans moi de votre sort.
Songez que Nitetis vient de vous le prescrire,
Et qu'elle doit, sur vous conserver quelque empire.

SCENE VI.

PSAMME'NITE, *seul.*

QUe me demandez-vous?..dans l'état où je suis,
Sa Pitié met le comble à mes mortels ennuis.
Puis-je souffrir le jour ?... quelqu'un vient : C'est
    mon Pere !
Qu'il paroît agité de trouble & de colere !

SCENE VII.

AMASIS, PSAMME'NITE.

AMASIS.

QUel bruit dans ce Palais est partout répandu ?
C'est toi seul, fils ingrat, c'est toi, qui m'as per-
    du ,
Puis-je te pardonner ? ton Pere te confie
Un secret, d'où dépend son Empire, sa vie ;
Ta bouche l'a trahi. Viens me voir expirer :
Viens, à nos ennemis toi-même me livrer.
Tu rougis ? Parle, enfin ; quelle est ton esperance ?
Qui t'obligeoit, perfide, à rompre le silence ?

P S A M M E N I T E.

Seigneur, j'ai merité l'éclat de ce courroux ;
Et si vous me voyez tomber à vos genoux,
Je n'y viens point d'un Pere implorer la clemence,
J'ai trahi son secret, je presse sa vangeance.
Soyez sourd à la voix de l'amour paternel ;
Faites tomber vos coups sur un fils criminel.
D'un mortel qui te cede ennemi redoutable,
Cruel Amour, c'est toi, qui m'as rendu coupable.
Mon cœur, de la Vertu suivoit les sentimens,
Devois-tu le livrer à tes égaremens ?

A M A S I S.

Que dis-tu ? c'est l'Amour ? . . .

P S A M M E N I T E.

J'adorois la Princesse ;
J'avois sçû lui cacher ma fatale tendresse.
Instruit de son destin, devois-je la revoir ?
Trop plein de mon amour, oubliant mon devoir ;
A peine ai-je senti dans mon desordre extrême,
Que je vous trahissois & me perdois moi-même.
Vangez-vous : Votre bras ne doit point m'épargner.

A M A S I S.

Ame foible & timide, es-tu né pour regner ?

Enyvré de l'espoir, qu'un fol amour te donne,
Tu ne comptes pour rien un Trône, une Couronne;
Je devrois te punir. Mais Cambise en ce jour
T'offre le juste prix de ton indigne amour.
Hâte-toi. Dans le Temple, où son Hymen s'aprête,
Vil esclave, tu peux en ordonner la fête.
Allume les flambeaux qui doivent l'éclairer.

PSAMMENITE.

Malheureux ! de quels coups je me sens déchirer !
Non, je ne verrai point ce spectacle effroyable.

AMASIS.

à part.

Il est jaloux ! parlons, l'instant est favorable,
Tentons le seul moyen d'échaper à mon sort.

à Psammenite.

Tes noires trahisons meriteroient la mort.
Mais que ne peut un fils sur le cœur de son pere ?
Ose tout effacer par un retour sincere ;
Il en est temps encor.

PSAMMENITE.

Parlez, qu'ordonnez-vous ?

AMASIS.

Nous pouvons, de la foudre encor braver les coups.

A seconder mes soins si ton zele s'empresse ;
Je suis maître du Trône & toi, de la Princesse.

P S A M M E' N I T E.

La Princesse ! ah ! Seigneur, il me seroit permis
D'effacer envers vous tout ce que j'ai commis ,
Et d'obtenir? ... ô Dieux ! & sous quelle apparence,
Pourrois-je concevoir cette heureuse espérance ?

A M A S I S.

Tous les Peuples voisins unissant leurs efforts ;
Du Nil, près de Memphis , ont inondé les bords.
Sous un Chef courageux , leurs Troupes rassemblées
Au bruit de nos malheurs ne se font point troublées.
Un Thébain en secret est venu m'informer
D'un généreux dessein , qu'ils ont osé former.
Peut-être, cette nuit, marchant dans le silence ;
Ils viendront, du Vainqueur renverser l'espérance.
Ils peuvent sans effort surprendre des remparts,
Où le desordre encor regne de toutes parts.
D'ailleurs , tu le sçais bien , malgré notre disgrace ;
Ce jour nous a laissé des amis pleins d'audace ;
Dans l'ombre confondus avec nos ennemis,
Les uns s'empareront des portes de Memphis ,
Les autres secondant ma derniere entreprise ,
Il faut....

PSAMME'NITE.

Que voulez-vous ?

AMASIS.

Nous immoler Cambise.

PSAMME'NITE.

Cambise !

AMASIS.

Dans ces lieux, toi seul en liberté
Tu peux remplir l'espoir dont je me suis flatté.
Guide nos Conjurez : la nuit vient ; le tems presse.
Nous avons à sauver un Trône, une Maîtresse :
L'Ambition, l'Amour doivent tout excuser,
Et pour nous rendre heureux, nous n'avons qu'à l'oser.
Quand même le succez tromperoit notre attente,
Cherchons, du moins, cherchons une chûte éclatante.
Un Monarque, un Amant persecutez du sort,
En perdant leur objet, redoutent-ils la mort ?
Il est dans ce Palais une route ignorée,
A nos braves Chefs cours en ouvrir l'entrée.
Jusqu'au fils de Cyrus nous sçaurons pénétrer,
Et la Fortune après viendra nous inspirer.....
Que tardes-tu ? quel trouble est peint sur ton visage ?
Cesserois-tu d'aimer ? manques-tu de courage ?

PSAMME'NITE.

Non : mais l'honneur m'arrête & vient me faire voir
Tout ce que pour Cambife exige mon devoir.
Je fremis.

AMASIS.

Quoi ! toûjours oppofer à ton Pere
Une Vertu frivole , une vaîne Chimere ?
Sous les plus rudes coups tu me vois abbatu ,
Eh ! pour me relever , que pourroit la Vertu ?

PSAMME'NITE.

Le Crime peut-il mieux flatter votre efperance ?
Vous allez, de Cambife irriter la vangeance.
Quand pour vous fon courroux peut encor s'appaifer,
A vous faire perir , pourquoi l'autorifer ?
D'ailleurs , il a ma foi ; je haïrois la vie,
Si j'ofois la ternir par une perfidie.
Il a brifé mes fers , il fe confie en moi ,
Et je mourrai plutôt que de manquer de foi.

AMASIS.

Je ne te dis plus rien. Je devois te connoître,
Perfide envers moi feul , tu prends plaifir à l'être,

Mais , mon deſſein eſt pris. Je cours l'exécuter ;
Je verrai ſi ton bras oſera m'arrêter.

PSAMMENITE.

Seigneur....

AMASIS.

Ne me ſuis point. Je ne ſuis plus ton Pere ;
Et je ſens les tranſports d'une juſte colére.
Ne t'offre plus à moi.

SCENE VIII.

PSAMMENITE , *ſeul.*

Que je ſuis combatu !
Dieux ! ne me laiſſez point démentir ma Vertu.

Fin du quatriéme Acte.

ACTE V.

SCENE PREMIERE.

ME'ROPE, ARSANE.

ME'ROPE.

JE ne puis voir vos soins , sans en être troublée :
Ma Garde en ce Palais est par vous redoublée ,
Arsane, nos périls seroient-ils plus pressans ?
Cette nuit , le repos s'emparoit de mes sens ,
Lorsqu'un tumulte affreux & des clameurs funebres
Jusqu'à moi , tout-à-coup , ont percé les tenebres.
Je m'arrache au Sommeil prêt à fermer mes yeux.
De mon apartement , j'ai passé dans ces lieux :
Et le cœur pénétré d'une frayeur mortelle ,
Hélas ! j'ai crû revoir cette nuit si cruelle ,
Où , le fer à la main , le barbare Amasis
Fit périr à mes yeux mon Epoux & mon Fils.
J'ai sçû que , pour causer de si vives allarmes ,
Les Rois voisins du Nil avoient uni leurs armes ,

Qu'ils vouloient, des Perfans traverfer les deffeins,
Et que fous nos remparts ils en étoient aux mains.
Pour le fils de Cyrus, que je fuis allarmée !
Ne puis-je de fon fort encor être informée ?
Dès long-tems le Soleil, forti du fein des eaux,
Eclaire tout Memphis de fes rayons nouveaux.
Aucun foldat ici n'eft-il venu fe rendre ?
Soyez moins occupé du foin de nous défendre,
Songez à m'éclaircir du deftin des Perfans,
Et calmez, s'il fe peut, les troubles que je fens.

ARSANE.

Madame, comme vous, fi je fens des allarmes,
De tous ces Rois unis je ne crains point les armes.
Cambife, fecondé d'un Peuple belliqueux,
Forceroit les Deftins à répondre à nos vœux ;
Mais un péril fecret peut menacer fa vie.
Pour un Roy généreux, je crains la perfidie.
La Vertu ne met point à l'abri des complots,
Et de lâches mortels font périr un Héros.

ME'ROPE.

Arfane, quel effroi ? . . . .

ARSANE.

Par l'ordre de Cambife,
La Garde du Palais à mes foins eft commife.

Comblé de cet honneur, pour remplir mon devoir ;
Jusqu'au moindre péril j'ai voulu tout prévoir :
Et des soupçons, conçûs avec trop de justice,
Me faisoient, d'Amasis craindre quelque artifice.
En vain je l'ay cherché. Par des chemins secrets,
Il s'est avec son fils dérobé du Palais :
Et de seditieux une troupe hardie
A formé le dessein de leur sauver la vie.
Je crains avec raison que ce trouble intestin
Ne fasse, des Persans chanceler le Destin.

ME'ROPE.

Arsane, c'en est fait. La colere celeste
Veut, du sang d'Apriès poursuivre un foible reste.
Vous voyez les douleurs, où mon cœur est livré ;
Sçachez pour qui le sort s'est enfin déclaré,
Partez ; je vous attends.

SCENE II.

ME'ROPE, NITETIS.

ME'ROPE.

Venez, venez, ma fille ;
Reste trop malheureux de ma triste famille,
Demeurez

Demeurez dans mes bras. Attendons en ces lieux
L'arrêt, que sur nos jours vont prononcer les Dieux.
Ce fut dans ce Palais, qu'autrefois votre pere
S'efforçoit, en mourant, de sauver votre frere;
Ma tendresse pour vous fera le même effort ;
Et vous ne périrez , au moins, qu'après ma mort.

NITETIS.

Que votre amour me touche! & que je sens, Madame,
Combien les nœuds du sang ont d'attraits pour une
ame !
J'ai trop long-tems vêcu , sans goûter la douceur
Que vos embrassements répandent dans mon cœur.
Mais, Madame , pourquoi vois-je couler vos larmes?
Pourquoi vous livrez-vous à de tristes allarmes ?
Calmez votre douleur. Quoi donc ! oubliez-vous
Tout ce qu'en un seul jour le Ciel a fait pour nous ?
Esperons que Cambise. . . .

M'EROPE.

Espérance incertaine !
Du Sort, qui me poursuit, je crains pour lui la haine.

Le cruel Amasis est sorti de ces lieux ;
Il arme en ce moment des bras séditieux.
Son fils, dont vous vantiez la Vertu, le courage ;
L'a mis en liberté de signaler sa rage.

N I T E T I S.

Son fils, Madame ! non ; je ne sçaurois penser
Qu'aux loix de son devoir il ait pû renoncer.
Je vous le dis encor. Une Vertu sincére
L'a toûjours éloigné des crimes de son pere. }
Je lui connois un cœur de sa gloire jaloux ;
Si son bras est armé, son bras combat pour nous.

ME'ROPE.

Il est fils d'Amasis. Au mépris d'un Empire ;
Aura-t'il écouté ce que l'Honneur inspire ?
Il est peu de mortels, qui ne soient entraînez
Par les mêmes penchants du sang dont ils sont nez :
Et dans le fond d'un cœur, quelques efforts qu'il fasse,
Le Vice, où la Vertu raremen t s'en efface.

N I T E T I S.

Du succez du Combat, on vient nous informer.

SCENE III.

MEROPE , NITETIS , PHASIMENE;

PHASIMENE.

MAdame , votre effroi doit enfin se calmer :
A nos heureux drapeaux la Victoire soûmise
Une seconde fois, a couronné Cambise.
Des rivages du Nil tous les Peuples voisins
Ont voulu mettre obstacle à nos heureux Destins.
Mais, du fils de Cyrus avançant les conquêtes ,
Au joug qu'ils redoutoient, ils ont livré leurs têtes ;
Ils croyoient dérober leurs projets à nos yeux ,
Et marchant dans la nuit , s'introduire en ces lieux.
Mais, lors qu'il étoient prêts à tenter l'entreprise ,
Ils trouvent sous nos murs les Persans & Cambise.
Le Combat est affreux : De l'une & l'autre part
Tous les traits du Soldat ne tombent qu'au hazard.
Chacun des deux partis, dans ce desordre extrême ,
Craint, en portant des coups, de s'affoiblir soi-même :

Et pour voir le succez d'un Combat ténébreux ;

Attend que le Soleil l'éclaire de ses feux.

Les Persans, entrainez par leur ardeur guerriere,

Aux Dieux, pour tout secours, demandoient la lu-

miere.

A peine elle paroît, qu'elle offre à nos regards

Nos ennemis troublez, fuyants de toutes parts.

Leur Chef, du Nil encor occupoit le rivage,

Et de quelques Guerriers ranimoit le courage.

Il montroit sur son front, même en perdant l'espoir,

Tout l'orgueil, qu'en son camp il nous avoit fait voir;

Et ne pouvant, des fers affranchir sa Patrie,

N'aspiroit qu'à l'honneur de vendre cher sa vie.

Cambise, jusqu'à lui se faisant un chemin,

L'attaque, le combat, l'immole de sa main.

Ce coup, aux ennemis ôte toute espérance.

Les uns, à nos Soldats se livrent sans deffense;

Les autres, esperants échaper à la mort,

Dans les gouffres du Nil vont terminer leur sort.

Madame, dans Memphis vous êtes souveraine.

Tout le Peuple assemblé demande à voir sa Reine :

Et rendant grace au Ciel, qui vous sauva le jour,

Chacun verse des pleurs & de joye & d'amour.

Le Trône vous attend & Cambise n'aspire

Qu'à remettre en vos mains les rênes de l'Empire ;

Il y borne sa gloire, &, pour vous couronner,

En son nom, dans ces lieux je viens tout ordonner.

SCENE IV.

ME'ROPE, NITETIS.

On entend un grand bruit derriere le Theâtre.

ME'ROPE.

Dieux, quel bruit effrayant !

NITETIS,

Le tumulte redouble !

SCENE V.

ME'ROPE, NITETIS, PHANE'S.

ME'ROPE.

C'Est vous, Phanès ? Parlez, quelle terreur vous
trouble ?

PHANE'S.

Ah ! Madame, j'ai peine à reprendre mes sens,
Et je friffonne encor pour le Roy des Perfans.

ME'ROPE.

O Ciel !

PHANE'S.

Près de ces lieux, par une perfidie,
Je viens de voir Cambife en péril de fa vie.
Tandis qu'aux bords du Nil fon bras victorieux
Domptoit, d'un ennemi l'effort audacieux ;
Amafis, méditant des trahifons nouvelles,
Avoit pris foin d'armer des Citoyens rebelles,
Qui, toujours au Tyran par le crime attachez,
Autour de ce Palais s'ètoient tenus cachez.
Lorfque nous y rentrons, nous trouvons le Perfide
Ardent à confommer un affreux parricide :
Mais fon fils, qui le voit déja lever le bras,
Se jette tout-à-coup au-devant de fes pas ;
Et voulant arrêter une indigne entreprife,
Reçoit le coup fatal qui menaçoit Cambife.

NITETIS.

Il est mort !

PHANE'S.

Près de lui , tous les Persans en pleurs ;
Se laissent pénétrer des plus vives douleurs.
Tout gémit. Vainement par ses soins, par son zele ,
A la clarté du jour Cambise le rappelle.

ME'ROPE.

Amasis a comblé l'horreur de ses forfaits !

PHANE'S.

Il a reçû le prix des crimes qu'il a faits.
Nos Soldats , transportez d'une juste furie ;
De ce Monstre odieux alloient trancher la vie ;
Mais lui-même , en son sein il se plonge à l'instant
Du meurtre de son fils le fer tout dégoûtant.
L'Horreur , le Desespoir tracez sur son visage ,
Par ces mots , en mourant , il exhale sa rage.
,, O Fortune ! je tombe au ténébreux sejour...
,, Qui cesse de regner ... ne doit plus voir le jour.
Les Peuples, rappellant ses noires injustices ,

Cherchent encor pour lui mille nouveaux fuplices:
Tout fon corps déchiré. . . Le Roy vient.

NITETIS.

Juftes Dieux !

Pfamménite mourant fe prefente à mes yeux.

SCENE VI.

CAMBISE, ME'ROPE, NITETIS, PSAMME'NITE, *porté par des Soldats.* PHANE'S, THYAMIS, *Suite de Cambife.*

CAMBISE.

O Douleur fans égale ! ô Fortune ennemie !

à Pfammenite.

Une feconde fois tu me fauves la vie,

Et je ne puis payer ta générofité.

PSAMME'NITE.

Cambife ignore encor ce qu'il m'en a coûté...

Non ; mon effort n'eft pas un effort ordinaire.

Lorfque , de Nitetis j'ai ceffé d'être frere,

Connoiſſant ſa Vertu digne de tous nos vœux,
Sans un trouble jaloux je n'ai pû voir vos feux,
Informé de ſon ſort j'ai ſenti dans mon ame,
Tout ce que ſa beauté peut inſpirer de flâme,
Mais, j'ai fait au devoir ceder tout mon amour,
Et c'eſt . . . . votre Rival qui vous ſauve le jour.

CAMBISE.

O courage ! ô Vertu !

PSAMMENITE, *à Nitetis.*

      Princeſſe , ma naiſſance
Ne pouvoit à mon cœur permettre d'eſpérance ,
Je ne pouvois jamais devenir votre Epoux :

  En lui preſentant **Cambiſe** ,

J'ai conſervé le ſeul , qui ſoit digne de vous.
Vivez , ... regnez heureux :

      à Mérope.

     Vous , Reine infortunée ,

J'ai vû changer le cours de votre deſtinée ,
Si l'auteur de mes jours cauſa tous vos ennuis ,
Laiſſez-vous attendrir par l'état où je ſuis . . .

Oubliez fa fureur … pardonnez-lui fon crime …
Sans haine, fans courroux, voyez votre Victime.
Trop heureux …. fi le fang, qui coula dans ces lieux,
Effacé par le mien … n'y bleffe plus vos yeux…
Je meurs.

Des Soldats l'emportent.

SCENE VII. & DERNIERE.

CAMBISE, ME'ROPE, NITETIS.

ME'ROPE.

Que je le plains ?

NITETIS.

O Sort impitoyable !
Faut-il, pour nous vanger, que ta rigueur l'accable ?

CAMBISE.

Madame, comme vous, je gemis de fon fort.
Qu'il foit comblé d'honneurs, du moins, après fa mort.
Montrons dans ces Tombeaux d'éternelle memoire,
Où le Nil, de fes Rois a confacré la gloire,

Que sous les coups du sort un Héros abbatu,
Trouve encor plus d'un cœur sensible à la Vertu.

Fin du Cinquième & dernier Acte.

Diverses Pieces de Théâtre , Tragedies , Opera ,
Ballets & autres Ouvrages en Vers & en Profe
de fa Compofition, s'il nous plaifoit lui accor-
der nos Lettres de Privilege fur ce neceffaires.
A ces caufes voulant favorablement traiter
ledit fieur Expofant & reconnoître fon zele,
Nous lui avons permis & permettons par ces
Prefentes de faire imprimer lefdites pieces de
Théâtre, Tragedies , Opera , Balets & autres
Ouvrages en Vers & en Profe de fa Compofition , en tels Volumes, forme , marge , caractere , conjointement ou feparement &
autant de fois que bon lui femblera , & de les
faire vendre & débiter par tout notre Royaume pendant le temps de *douze années* confé-
cutives, à compter du jour de la datte defdites
Préfentes : faifons défenfes à toutes fortes de
perfonnes de quelque qualité & condition
qu'elles foient d'en introduire d'impreffion
étrangeres dans aucun lieu de notre obéïffan-
ce , comme auffi à tous Imprimeurs, Libraires,
& autres, d'imprimer , faire imprimer , vendre , faire vendre , débiter ni contrefaire lefdites pieces & autres Ouvrages de fa compofition ci-deffus expliqué , en tout ni en partie,
ni d'en faire aucun extraits fous quelque pré-
texte que ce foit d'augmentation , correction,
changement de titre ou autrement , fans la
permiffion expreffe & par écrit dudit fieur

Expofant ou de ceux qui auront droit de lui ;
à peine de confifcation des Exemplaires con-
trefaits , de trois mil livres d'amende contre
chacun des contrevenans , dont un tiers à
Nous , un tiers à l'Hotel-Dieu de Paris , l'autre tiers audit fieur Expofant , & de tous dépens , dommages & interêts : à la charge que
ces Prefentes feront enregiftrées tout au long
fur le Regiftre de la Communauté des Libraires & Imprimeurs de Paris , & ce dans
trois mois de la datte d'icelles : que l'impreffion defdites Pieces ci-deffus fpecifiées fera
faite dans notre Royaume & non ailleurs en
bon papier & en beaux caracteres conformé-
ment aux Reglemens de la Librairie , & qu'a-
vant que de les expofer en vente lefdits Ma-
nufcrits ou imprimez qui auront fervi de Copie à l'impreffion defdites Pieces ci-deffus
expliquées feront remis dans le même état où
les Approbations y auront été données és
mains de notre trés-cher & feal Chevalier
Garde des Sceaux de France , Chancelier &
Garde des Sceaux de notre Ordre militaire de
S. Louis , le fieur de Voyer de Paulmy , Marquis d'Argenfon , & qu'il en fera enfuite mis
deux exemplaires de chacun dans notre Bi-
bliotheque publique , un dans celle de notre
Chateau du Louvre, & un dans celle de notre-
dit trés-cher & feal Chevalier Garde des

Sceaux de France le fieur de Voyer de Paulmy
Marquis d'Argenfon , Chancelier & Garde
des Sceaux de notre Ordre militaire de faint
Louis ; le tout à peine de nullité des Préfentes : du contenu defquelles vous mandons &
enjoignons de faire joüir ledit fieur Expofant
ou fes ayans caufe, pleinement & paifible-
ment, fans fouffrir qu'il leur foit fait aucun
trouble ou empêchement : Voulons que la
Copie defdites Prefentes qui fera imprimée
tout au long au commencement ou à la fin dudit Livre foit tenuë pour dûement fignifiée, &
qu'aux Copies collationnées par l'un de nos
amez & feaux Confeillers & Secretaires foy
foit ajoûtée comme à l'Original. Comman-
dons au premier notre Huiffier ou Sergent de
faire pour l'execution d'icelles tous Actes re-
quis & neceffaires , fans demander autre Permiffion & nonobftant Clameur de Haro ,
Charte Normande & Lettres à ce contraires.
Car tel eft notre plaifir. Donne' à Paris le
vingt-feptiéme jour du mois d'Octobre l'an
de grace mil fept cent dix-neuf, & de notre
Regne le cinquiéme. Par le Roy en fon Confeil. DE S. HILAIRE.

Il eft ordonné par l'Edit du Roy du mois d'Aouft
1686. & Arreft de fon Confeil, que les Livres dont
l'impreffion fe permet par Privilege de Sa Majefté, ne
pourront être vendus que par un Libraire ou Impri-
meur.

Registré sur le Registre IV. de la Communauté des Imprimeurs & Libraires de Paris, p 527. n. 565. conformèment aux Reglemens & notamment à l'Arrêt du Conseil du 13. Août 1703. A Paris ce 4. Novembre 1719.

Signé DELAULNE, *Syndic.*

De l'Imprimerie de P. A. PAULUS-DU-MESNIL, Imprimeur-Libraire, ruë S. Severin, aux Armes du Roy.

9 782329 248714